AS MELHORES CRÔNICAS DE FERNANDO SABINO

50 TEXTOS ESCOLHIDOS PELO AUTOR

7ª edição

BestBolso
RIO DE JANEIRO – 2021

CIP-Brasil. Catalogação na fonte
Sindicato Nacional dos Editores de Livros, RJ.

S121m	Sabino, Fernando, 1923-2004
7ª ed.	As melhores crônicas de Fernando Sabino / Fernando Sabino. – 7ª edição
	– Rio de Janeiro: BestBolso, 2021.

ISBN 978-85-7799-124-2

1. Sabino, Fernando, 1923-2004 – Coletânea. 2. Escritores brasileiros – Século XX. 3. Crônicas brasileiras. I. Título

08-4760

CDD – 869.98
CDU – 821.134.3(81)-94

As melhores crônicas de Fernando Sabino, de autoria de Fernando Sabino.
Título número 085 das Edições BestBolso.
Sétima edição impressa em janeiro de 2021.
Texto revisado conforme o Acordo Ortográfico da Língua Portuguesa.

Copyright © 1986 by Fernando Sabino.
Copyright © 2008 by Bem-te-vi Filmes e Projetos Literários Ltda.

www.edicoesbestbolso.com.br

Design de capa: Leonardo Iaccarino

Todos os direitos reservados. Proibida a reprodução, no todo ou em parte, sem autorização prévia por escrito da editora, sejam quais forem os meios empregados.

Direitos exclusivos de publicação em língua portuguesa para o Brasil em formato bolso adquiridos pelas Edições BestBolso um selo da Editora Best Seller Ltda. Rua Argentina, 171 – 20921-380 – Rio de Janeiro, RJ – Tel.: (21) 2585-2000.

Impresso no Brasil

ISBN 978-85-7799-124-2

Sumário

1. Dez minutos de idade — 7
2. O retrato — 9
3. A quem tiver carro — 12
4. Um doador universal — 16
5. O habitante e sua sombra — 19
6. Dormir de touca — 24
7. A escrita é outra — 27
8. De mel a pior — 32
9. Como melhorar a memória — 36
10. O hóspede do 907 — 41
11. Notícia de jornal — 46
12. De homem para homem — 48
13. Cada um no seu poleiro — 52
14. O menestrel do nosso tempo — 55
15. Que língua, a nossa! — 61
16. Escritório — 65
17. A lua quadrada de Londres — 67
18. Obrigado, doutor — 71
19. Sandy, o artesão — 74
20. Frases célebres — 79
21. Menino — 83
22. O buraco negro — 85
23. A última flor do Lácio — 88
24. A minha salamandra — 93

25.	A falta que ela me faz	96
26.	Retrato do nadador quando jovem	99
27.	Expressivo, romântico e musical	103
28.	Burro sem rabo	109
29.	Com o mundo nas mãos	111
30.	O poeta e a câmera indiscreta	114
31.	Hay que vigilar	119
32.	Como vencer no bar sem fazer força	122
33.	Minas enigma	125
34.	Um gerador de poesia	128
35.	Suíte ovalliana	132
36.	Corro risco correndo	138
37.	Sexta-feira	142
38.	Experiência de ribalta	145
39.	Numa curva da estrada	150
40.	Elegância	152
41.	Homens de canivete	155
42.	O brasileiro, se eu fosse inglês	157
43.	O ballet do leiteiro	163
44.	O indesejável espectador	167
45.	Precisa-se de um escritor	169
46.	Uma vez escoteiro	173
47.	Evocação no aniversário do poeta	177
48.	Por isso lhe digo adeus	183
49.	Amor de passarinho	188
50.	A última crônica	192

1
Dez minutos de idade

A enfermeira surgida de uma porta me impôs silêncio com o dedo junto aos lábios e mandou-me entrar. Estava nascendo! Era um menino.

Nem bonito nem feio; tem boca, orelhas, sexo e nariz no seu devido lugar, cinco dedos em cada mão e em cada pé. Realizou a grande temeridade de nascer, e saiu-se bem da empreitada. Já enfrentou dez minutos de vida. Ainda traz consigo, nos olhinhos esgazeados, um resto de eternidade.

Portanto, alegremo-nos. A vida também não é bonita nem feia. Tem bocas que murmuraram preces, orelhas sábias no escutar, sexos que se contentam, perfumes vários para o nariz, mãos que se apertam, dedos que acariciam, múltiplos caminhos para os pés. É verdade que algumas palavras, melhor fora nunca dizê-las, outras nunca escutá-las. Olhos há que procuram ver o que não podem, alguns narizes se metem onde não devem. Há muito prazer insatisfatório, muito desejo vão. Mãos que se fecham. Pés que se atropelam. Mas o simples ato de nascer já pressupõe tudo isso, o primeiro ar que se respira já contém as impurezas do mundo. O primeiro vagido é um desafio. A vida aceitou um novo corpo e o batismo vai traçar-lhe um destino. A luta se inicia: mais um que será salvo. Portanto, alegremo-nos.

Menino sem nome ainda, não te prometo nada. Não sei se terás infância: brinquedos, quintal, monte de areia, fruta verde, casca de árvore, passarinho, porão de fantasmas, formigas em fila, beira de rio, galinha no choco, caco de vidro, pé machucado. O mundo de hoje, tal como o estou vendo da janela do meu apartamento, desconfio que te reserva para a infância um miraculoso aparelho eletrocosmogônico de brincar. Ou apenas uma eterna garrafa de Coca-Cola e um delicioso Chicabon.

Aceita, menino, esses inofensivos divertimentos. Leva-os a sério, com toda aquela seriedade grave da infância, chupa o Chicabon, bebe a Coca-Cola, desmonta e torna a montar a miraculosa máquina de brincar de nosso século, que a imaginação de teu pai jamais poderia sequer conceber. Impõe a essas coisas e a essa vida que te oferecerão como infância a sofreguidão de tua boca, a ousadia de teus olhos e a força de tuas mãos. Imprime a tudo que tocares a alegria que me deste por nasceres. Qualquer que seja a tua infância, conquista-a, que te abençoo. Dela te nascerá uma convicção. Conquista-a também – e vai viver, em meu nome. Nada te posso dar senão um nome.

Nada posso te dar. No teu primeiro instante de vida minha estrela não se apagou. Partiu-se em duas e lá no alto uma delas te espera, será tua. Nada te posso dar senão um nome e uma estrela. Se acreditares em estrela, vai buscá-la.

2
O retrato

Tanto reclamaram que acabei telefonando ao Arnaldo: que diabo de retrato é esse que vocês foram me arranjar? Ele achou graça, disse que não tinha encontrado coisa mais recente, mas que eu ficasse descansado: ia dar nova busca no arquivo, tratar de substituí-lo. E sugeriu que eu tirasse outro, acrescentando – o meu bom Arnaldo! – num assomo de otimismo: um retrato novo, porreta!

Porreta que fosse – desde que me deixo seduzir por este belo adjetivo com ar de palavrão: retrato novo é mesmo este aqui, que acompanha regularmente a minha crônica na revista.

Olho-o pela primeira vez com atenção, num número atrasado. Para falar com franqueza, podia ser até do Marechal Dutra, eu pouco estaria me incomodando: a cara não tem nada a ver com o que se escreve, quem vê cara não vê coração. Mas a verdade é que a reclamação dos conhecidos tem cabimento, a minha não é mais esta.

Vejo um jovem de nariz fino e olhar assustado, com ar de quem vai se erguer de um momento para outro e começar a viver. O meu nariz continua fino e cada vez mais torto, talvez de tanto se meter onde não é chamado. Mas a vida já não assusta os olhos de quem dela recebeu mais do que esperava.

É fotografia tirada há bem uns vinte anos, daí para mais. Em vinte anos muita água correu debaixo da ponte.

Mudei de casa, de hábitos, de profissão e de mulher. Continuei escrevendo, mas não escrevi o que devia. Ganhei e perdi tempo, amigos e ilusões. (Mais um pouco e sairia para uma letra de samba.) No entanto, tudo bem pesado e medido, nada me aconteceu.

A esta altura paro, e o leitor comigo, para me perguntar: a que vem esta conversa? Estamos habituados, um escrevendo e outro lendo, a casos pitorescos ou triviais colhidos da vida cotidiana. Onde está o caso de hoje, a propósito ou não de velhas fotografias?

Pois aqui vai ele:

Era um fotógrafo de rua desses que fingem fotografar e, depois de aceito e pago o talão, saem correndo para bater a chapa. Estávamos na Avenida Rio Branco, era de tarde, meu amigo e eu resolvemos documentar o acontecimento de sermos amigos e estarmos juntos numa tarde qualquer, na Avenida Rio Branco. Dois anos depois, não digo que o mesmo fotógrafo, mas na mesma Avenida Rio Branco, e em companhia do mesmo amigo, sou de novo fotografado. Não haveria nada de especial no fato de termos aceitado esta nova fotografia na rua, se não me ocorresse um dia compará-la com a anterior. Éramos praticamente os mesmos dois amigos – dois anos não haviam feito em nós grande estrago. Mas, para meu assombro, um sujeitinho baixo, magro e de bigode, que numa das fotos nos seguia na rua a poucos passos, era também o mesmo que na outra caminhava atrás de nós.

A coincidência era impressionante. Mas o que me perturbou mesmo foi a suspeita de estar sendo seguido pelo tal sujeito, já que ele não poderia ter ficado andando à toa pela Avenida Rio Branco durante dois anos. Neste caso, teria de aceitar a sugestão do Borjalo, a quem contei o caso, de tratar-se de um tira de polícia ou outra espécie qualquer de malfeitor; um anjo da guarda de bigode era coisa que eu não podia admitir.

A mesma sensação me vem agora, ao olhar este retrato que encima a minha crônica, por exigências de moderna paginação. Estou sendo seguido. Este jovem me persegue. Já foi flagrado mais de uma vez, caminhando atrás de mim. Não sou eu, mas eu fui assim. E cheguei quase a ficar assim! Nem graças ao elixir de inhame eu hoje seria assim. O Arnaldo prometera arranjar outro mais recente no arquivo. Como escrevo com uma semana de antecedência, não sei se já fui atendido. Espero que tenha encontrado um bem porreta.

Mas espero também que ao morrer, queira Deus que velho, bem velho – se o tal sujeito que me segue não tiver antes dado cabo de mim – possa dizer, olhando o retrato deste jovem num recorte antigo, entre meus guardados: nada me aconteceu; em tudo que ele acreditava eu continuo acreditando.

E senti-lo morrer comigo, só então senti-lo morrer dentro de mim.

3
A quem tiver carro

O carro começou a ratear. Levei-o ao Pepe, ali na oficina da Rua Francisco Otaviano:
— Pepe, o carro está rateando.
Pepe piscou o olho:
— Entupimento na tubulação. Só pode ser.
Deixei o carro lá. À tarde fui buscar.
— Eu não dizia? Defeito na bomba de gasolina.
— Você dizia entupimento na tubulação.
— Botei um diafragma novo, mudei as válvulas.
Estendeu-me a conta: de meter medo. Mas paguei.
— O carro não vai me deixar na mão? Tenho de fazer uma viagem.
— Pode ir sem susto que agora está o fino.

Fui sem susto, a caminho de Itacoatiara. O fino! Nem bem chegara a Tribobó o carro engasgou, tossiu e morreu. Sorte a minha: mesmo em frente ao letreiro de "Gastão, o eletricista".
— Que diafragma coisa nenhuma, quem lhe disse isso? – e Gastão, o eletricista, um mulatão sorridente que consegui retirar das entranhas de um caminhão, ficou olhando o carro, mãos na cintura: – O senhor mexeu na bomba à toa: é o dínamo que está esquentando.

Molhou uma flanela e envolveu o dínamo carinhosamente, como a uma criança.

— Se tornar a falhar é só molhar o bichinho. Vai por mim, que aqui em Tribobó quem entende disso sou eu.

Nem em Tribobó: o carro não pegava de jeito nenhum.

— Então esse dínamo já deu o prego, tem de trocar por outro. Não pega de jeito nenhum.

Para desmenti-lo, o motor subitamente começou a funcionar.

— Vai morrer de novo — augurou ele, e voltou a aninhar-se no seu caminhão.

Resolvi regressar a Niterói. À entrada da cidade a profecia do capadócio se realizou: morreu de novo. Um chofer de caminhão me recomendou o mecânico Mundial, especialista em carburadores — ali mesmo, a dois quarteirões. Fui até lá e em pouco voltava seguido do Mundial, um velho compenetrado, arrastando a perna e as ideias:

— Pelo jeito é o carburador.

Olhou o interior do carro, deu uma risadinha irônica:

— É lógico que não pega! O dínamo está molhado!

Enxugou o dínamo com uma estopa: o carro pegou.

— Eu se fosse o senhor mandava fazer uma limpeza nesse carburador — insistiu ainda: — Vamos até lá na oficina...

Preferi ir embora. Perguntei quanto era.

— O senhor paga quanto quiser.

Já que eu insistia, houve por bem cobrar-me quanto ele quis.

Cheguei ao Rio e fui direto ao Haroldo, no Leblon, que me disseram ser um monstro no assunto:

— Carburador? — e o Haroldo não quis saber de conversa: — Isso é o platinado, vai por mim.

Cutucou o platinado com um ferrinho. Fui-me embora e o carro continuava se arrastando aos solavancos.

– O platinado está bom – me disse o Lourival, lá da Gávea: – Mas alguém andou mexendo aqui, o condensador não dá mais nada. O senhor tem de mudar o condensador.

Mudou o condensador e disse que não cobrava nada pelo serviço. Só pelo condensador.

No dia seguinte o carro se recusou a sair da garagem.

– Não é o diafragma, não é o carburador, não é o dínamo, não é o platinado, não é o condensador – queixei-me, deitando erudição na roda de amigos. Todos procuravam confortar-me:

– Então só pode ser a distribuição. O meu estava assim...
– Você já examinou a entrada de ar?
– Para mim você está com veia suja.

E recomendavam mecânicos de sua preferência:

– Tem uma oficina ali na Rua Bambina, de um velho amigo meu.

– Lá em São Cristóvão, procure o Borracha, diga que fui eu que mandei.

– O Urubu, ali do Posto 6, dá logo um jeito nisso.

Não procurei o Urubu, nem o Borracha, nem o Zé Para-Lama; nem o Caolho dos Arcos, nem o Manquitola do Rio Comprido, nem o Manivela da Voluntários, nem o Belzebu dos Infernos: esqueci o automóvel e fui dormir. Pela minha imaginação desfilava um lúgubre cortejo de tipos grotescos, sujos de graxa, caolhos, pernetas, manetas, desdentados, encardidos, toda essa fauna de mecânicos improvisados que já tive de enfrentar, cuja perícia obedece apenas à instigação da curiosidade ou à inspiração do palpite, que é a mais brasileira das instituições.

Mas pela manhã me lembrei de um curso que se anuncia aconselhando: "Aprenda a sujar as mãos para não limpar o bolso." Resolvi sujar as mãos – e quem tiver ouvidos para ouvir, ouça, quem tiver carro para guiar, entenda. Fui à garagem, abri o capô, e fiquei a olhar intensamente o motor do carro, fria e silenciosa a esfinge com seu enigma. Havia um fio solto, coloquei-o no lugar que me pareceu adequado. Mas não podia ser tão simples...

Era. Desde então, o carro passou a funcionar perfeitamente.

4
Um doador universal

Tomo um táxi e mando tocar para o hospital do IPASE. Vou visitar um amigo que foi operado. O motorista volta-se para mim:

— O senhor não está doente e agora não é hora de visita. Por acaso é médico? Ultimamente ando sentindo um negócio esquisito aqui no lombo...

— Não sou médico.

Ele deu uma risadinha:

— Ou não quer dar uma consulta de graça, hein, doutor? É isso mesmo, deixa pra lá. Para dizer a verdade, não tem cara de médico. Vai doar sangue?

— Quem, eu?

— O senhor mesmo, quem havia de ser? Não tem mais ninguém aqui.

— Tenho cara de quem vai doar sangue?

— Para doar sangue não precisa ter cara, basta ter sangue. O senhor veja o meu caso, por exemplo. Sempre tive vontade de doar sangue. E doar mesmo de graça, ali no duro. Deus me livre de vender meu próprio sangue: não paguei nada por ele. Escuta aqui uma coisa, quer saber o que mais? Vou doar meu sangue e é já.

Deteve o táxi à porta do hospital, saltou ao mesmo tempo que eu, foi entrando:

— E é já. Esse negócio tem de ser assim: a gente sente vontade de fazer uma coisa, pois então faz e acabou-se.

Antes que seja tarde: acabo desperdiçando esse sangue meu por aí, em algum desastre. Ou então morro e ninguém aproveita. Já imaginou quanto sangue desperdiçado por aí nos que morrem?

— E nos que não morrem — limitei-me a acrescentar.

— Isso mesmo. E nos que não morrem! Esta eu gostei. Está se vendo que o senhor é moço distinto. Olhe aqui uma coisa, não precisa pagar a corrida.

Deixei-me ficar, perplexo, na portaria (e ele tinha razão, não era hora de visitas) enquanto uma senhora reclamava seus serviços:

— Meu marido está saindo do hospital, não pode andar direito...

— Que é que tem seu marido, minha senhora?

— Quebrou a perna.

— Então como é que a senhora queria que ele andasse direito?

— Eu não queria. Isto é, queria... Por isso é que estou dizendo — confundiu-se a mulher: — O seu táxi não está livre?

— O táxi está livre, eu é que não estou. A senhora vai me desculpar, mas vou doar sangue. Ou hoje ou nunca — e gritou para um enfermeiro que ia passando e que nem o ouviu: — Você aí, ô branquinho, onde é que se doa sangue?

Procurei intervir:

— Atenda a freguesa... O marido dela...

— Já sei: quebrou a perna e não pode andar direito.

— Teve alta hoje — acudiu a mulher, pressentindo simpatia.

— Não custa nada — insisti: — Ele precisa de táxi. A esta hora...

— Eu queria doar sangue — vacilou ele: — A gente não pode nem fazer uma caridade, poxa!

– Deixa de fazer uma e faz outra, dá na mesma.
Pensou um pouco, acabou concordando:
– Está bem. Mas então faço o serviço completo: vai de graça. Vamos embora. Cadê o capenga?
Afastou-se com a mulher, e em pouco passava de novo por mim, ajudando-a a amparar o marido, que se arrastava, capengando.
– Vamos velhinho: te aguenta aí. Cada uma!
Ainda acenou para mim de longe, se despedindo.

5
O habitante e sua sombra

No ano atrasado, em Paris, já não cheguei a vê-lo. Tinha sido operado e não podia receber visitas. Mas Jorge Edwards, o escritor chileno, seu amigo e fiel auxiliar, me contou que ele compensava a apreensão trazida pela doença com a alegria de ter ganho o Prêmio Nobel.

Alegria só superada pela que lhe trouxera a vitória de Allende no Chile, de quem se havia tornado embaixador na França. A pátria, tão festejada em seus versos, finalmente identificada com a sua esperança de justiça social. Em pouco cruzaria o mar de volta ao seu país, de onde nunca mais sairia.

O mar, poderoso elemento de inspiração de sua poesia. Quando uma violenta ressaca assolou a costa do Chile, houve quem temesse que sua casa tivesse sido levada pelas águas com o poeta e tudo. Algum tempo depois meia dúzia de versos revelaram que ele soubera resistir:

> Na ponta do Trovão andei
> recolhendo sal no rosto
> e do oceano, na boca,
> o coração do vendaval;
> eu o vi estrondar até o zênite,
> morder o céu e cuspi-lo.

Jorge Edwards, no prefácio da *Antologia poética* em edição brasileira que publicamos pela Sabiá, nos diz das várias fases da poesia de Pablo Neruda que podem ser assinaladas segundo seu permanente diálogo com o mar. Na primeira juventude, o mar é todo envolvimento: "eu só quero que me leves!" Nos anos de maior compromisso político, o mar se torna uma força hostil que humildes pescadores enfrentam. Com o advento do socialismo, a natureza será dominada e o mar vencido pelos homens: "te amarraremos pés e mãos / os homens pela sua pele passearão cuspindo (...) / te montando e te domando / te dominando a alma." E finalmente em plena maturidade o mar sugere um tom de serena comunhão, o poeta quer ser "mais espuma sagrada, mais vento da onda".

Foi diante deste mar, em sua casa nas encostas do Pacífico, que o poeta se refugiou para morrer.

URIBE, OYARZUM e Bontá – eram estes os nomes dos três chilenos fantásticos que um dia surgiram em Belo Horizonte para deslumbrar a ingenuidade de nossos 18 anos ávidos. Uribe era um professor – Oyarzum e Bontá, ambos Orlando de nome, eram dois seres gigantescos, ciclópicos, que no auge de uma discussão resolviam a parada despindo a camisa e se atracando em violenta luta corporal. Carregavam pelas ruas um livro enorme, de capa folheada a ouro, chamado *El libro de Las Américas*, com o qual percorriam o continente colhendo assinaturas de grandes personalidades: Roosevelt, Getúlio, e outros menos grados. Desconfio que as contribuições espontâneas por eles recebidas vinham a constituir discretamente o que hoje chamamos de *trambique*. Uribe não era de nada. Bontá era um gigante manso e meio sobre o subalterno. Oyarzum era uma verdadeira convulsão da natureza. Amava os circos, os palhaços e as prostitutas, os bêbados, os mendigos e os poetas. Induzia-nos, a Paulo Mendes Campos e a mim, a tomar com ele porres de licor de ovo, às vezes na atuante companhia do Hélio e do Otto. Mas o que nos tocava mais fundo eram as mirabolantes histórias que nos contava de seu maior e mais íntimo amigo, companheiro de aventuras na mocidade: o grande poeta de nossa admiração, de quem conhecíamos tantos versos de cor, que saltavam de nossas bocas pelas ruas nas loucas madrugadas da cidade adormecida. Histórias nas quais, em raros momentos nossos de bom senso, evidentemente não acreditávamos.

Quando, em 1945, Paulo veio ao Rio juntar-se a mim com a finalidade específica de curtir pessoalmente o poeta, tivemos oportunidade de lhe dizer certa noite em minha casa:

— Um dia apareceu em Belo Horizonte um sujeito chamado Oyarzum...

Ele cortou-nos a palavra num gesto largo e categórico:

— *Es todo verdad.*

FICOU ENTRE NÓS algum tempo e era visto por todo lado: na casa de Portinari, ou de Vinicius, que já era seu amigo, ou com Di Cavalcanti, também velho amigo. No Alcazar, bar em moda na época, a gente se reunia em torno dele em sucessivas rodadas de chope: Rubem Braga, Moacir Werneck de Castro, às vezes Manuel Bandeira, e creio mesmo que Drummond, pelo menos uma vez. E ele sempre falando em seu grande amigo Jorge Amado. Certa noite Schmidt apareceu com a sugestão de tomarmos em seu apartamento, naquele mesmo edifício, "algo muito melhor" – o que redundou num tremendo pileque do mais fino vinho francês. Às tantas o dono da casa, chupando uma mexerica, perguntou ao poeta chileno se no mundo socialista que ele preconizava haveria vinhos tão raros. Neruda afirmou que sim, enquanto Paulo, Moacir e eu estudávamos à sorrelfa um plano insensato de furtar algumas garrafas, atirando-as pela janela para que um de nós as aparasse lá embaixo. Estávamos no décimo andar.

Houve por esse tempo um jantar à mineira em minha casa, oferecido ao poeta, com a presença dos amigos de sempre, acrescida de alguns adventícios trazidos por ele do Bar Vermelhinho. O mínimo que aconteceu foi uma dança de Jayme Ovalle com o Barão de Itararé, ao som desvairado de minha bateria de jazz.

SÓ TORNEI A VÊ-LO nove anos mais tarde. Eu passava de ônibus pela Avenida Copacabana e julguei reconhecê-lo diante de uma vitrine da Casa Sloper. Saltei imediatamente e o abordei. Ele pareceu lembrar-se vagamente de mim, mas já não era o mesmo homem; tinha o ar cansado e triste. A impressão que me deu foi a de alguém esquivo e desconfiado, como se o aborrecesse todo aquele que não partilhasse de suas convicções políticas. De minha parte, na impulsiva irreverência da juventude, registrei a impressão num artigo. Tanto bastou para que ele me concedesse a glória em vida: distinguiu-me com uma resposta lá do Chile, publicada em página inteira num vespertino carioca, presenteando-me com os mais expressivos insultos.

Isso foi nos idos de 1954. Em 1965, à falta de alguém melhor, fui enviado de Londres ao Congresso Internacional do Pen Clube em Bled, na Iugoslávia, como representante do Brasil. E me vejo, num grupo de trabalho, sentado exatamente ao lado dele. Era uma situação constrangedora, e evidentemente não nos falamos, embora no íntimo eu acreditasse que ele nem se lembrava mais do incidente ou sequer de mim. Até que, numa de suas intervenções, ele tocou em meu nome, nos termos mais lisonjeiros. Fiz o mesmo em relação a ele, quando chegou a minha vez de intervir, e depois deste rasgar de sedas, ele abriu-me os braços, finda a reunião: vamos deixar de bobagem, eu era muito intolerante e hoje não sou mais, está tudo esquecido, vamos conversar, vamos ser amigos, vamos falar do Thiago de Melo.

Foram alguns dias de afetuoso convívio, durante os quais pude ver que a paixão política cedera lugar a uma terna compreensão dos problemas da vida e do homem, debaixo da mesma sede de amor e da mesma fome de justiça social.

ESTIVE COM ELE ainda uma última vez, no Rio, em companhia de seu amigo Irineu Garcia. Foi quando nos sugeriu a publicação de *Cem anos de solidão* de García Márquez, "a obra mais importante da língua espanhola desde *Dom Quixote de La Mancha*".

Agora, a notícia de sua morte, quase simultânea com a morte da esperança em sua pátria, faz renascer em mim a lembrança dos versos que amei desde a primeira mocidade. E eles me ocorrem em turbilhões enquanto escrevo, procurando desajeitadamente prestar aqui a minha homenagem particular à sua memória. As notícias estarrecedoras sobre o vilipêndio praticado com a depredação de sua casa e a grandeza trágica de seu funeral me deixam deprimido. Eu queria, como no seu célebre verso, escrever as palavras mais tristes esta noite. Porque o sinto teimosamente presente, integrado em meu escasso mundo de lembranças – ou, como ele próprio diz:

> Porque continua a minha sombra em outra parte
> ou sou a sombra de um teimoso ausente.

6
Dormir de touca

Custa-me confessar, mas esta noite, pela primeira vez na vida, vou dormir de touca.

Eu, que já fui forçado a aceitar os suspensórios, devido ao corte peculiar das calças britânicas, cuja tendência é engolir o freguês cintura acima quando se senta e escorrer pernas abaixo quando caminha. Eu, que já tive de admitir as ceroulas de lã, para enfrentar os rigores do inverno bretão. Eu, que primava em repudiar qualquer indumentária capaz de sugerir a idade chamada provecta.

Meus cabelos continuam na cabeça, Deus seja louvado, mas, nos meus primeiros dias de Londres, não conseguia vislumbrar uma só porta de barbeiro. Julguei mesmo ver nisso a origem da moda de cabelos compridos para homens, que os confunde com as mulheres. Somente depois de algum tempo é que comecei a encontrar o rumo das barbearias, escondidas no recôndito dos hotéis, ou no segundo andar dos edifícios, ou dentro das grandes lojas como a Selfridges.

A primeira vez que cortei o meu cabelo em Londres foi na Selfridges. Entrei numa longa fila, comprei meu talão no caixa e avancei como um boi para o matadouro. Longa era também a fila de cadeiras, tão longa que a princípio me pareceu tratar-se de ilusão, provocada pelo jogo de espelhos. Sentei-me numa delas e o barbeiro foi logo tosando aqui e ali, a cortar indiscriminadamente grandes nacos de cabelo.

— Pronto — disse ele.

Pronto? Que história é essa? Ainda bem não me ajeitara, já ia mesmo pedir uma revista, e o paspalho vinha dizer que o serviço estava pronto. Não havia pente capaz de dar jeito naquela cabeça arrepiada como a de um doido. Quis reclamar; não me deram tempo, já havia outro freguês à espera na minha cola. Quase fui retirado à força da cadeira. Em represália, não dei gorjeta, coisa que o magarefe parece nem haver percebido, já desbastando vorazmente a juba da outra vítima.

Da segunda vez me vi diante de um barbeiro em Kensington, que me haviam recomendado como verdadeiro mestre. Em vez de atender-me, o mestre deu uma volta ao meu redor, examinando-me a cabeça com olhar cético, para despachar-me sumariamente:

— Ainda não está precisando. Volte na semana que vem.

Em vez de voltar, busquei outro, que fosse mais delicado de profissão. Encontrei-o, enfim, num salão de luxo, e tão delicado que teve a delicadeza de proporcionar-me uma massagem com tremelicantes aparelhinhos elétricos, uma lavagem com xampu e outros ingredientes gosmentos, a que assenti por desastroso equívoco idiomático, e que me custou os olhos da cara, para deixá-la, ao fim, lambida como a de um bezerro.

Furioso, firmei ali mesmo a truculenta decisão de jamais botar de novo os pés numa barbearia inglesa, mesmo sob o risco de ser tomado pelo quinto dos Beatles.

Até que, um dia, chegou de Portugal o marido da minha cozinheira, este, realmente, um mestre lisboeta do pente e da tesoura. E com a vantagem de vir executar o serviço em domicílio. Tendo aos ombros uma toalha de banho, sentado na copa, mais de uma vez confiei a cabeça à sua competência, para divertimento das crianças, saracoteando ao redor, alvoroçadas com a novidade.

Mas ele não achava bem cobrar do patrão da sua esposa, pois pois; o patrão se sentia cheio de dedos e rapapés, notinha escondida na palma da mão, pensando mesmo em metê-la num envelope: "uma balinha para as crianças" (que, aliás, ele não tem). Passei a esquivar-me, evitando a cozinha quando ele vinha buscar a mulher, ou disfarçando com um gesto ressabiado de mão o tamanho do cabelo, se apanhado por alguma insinuação de seu olhar:

– Acho que ainda não está precisando...

Sugestionado por um anúncio de jornal, acabei afinal comprando um aparelhinho jeitoso, tido como sensacional novidade – espécie de pente com uma gilete encravada entre os dentes – para com ele dar meu grito de independência, aparando eu próprio o meu cabelo.

Um desastre. Ao espelho, a mão desajeitada se revira, seguindo curso oposto ao desejado, tendência reflexa que o anúncio no jornal não me ensinou a enfrentar. Percebo, horrorizado, que pouco falta para que as falhas deixadas surjam na cabeça como peladas. Minha mulher, a quem peço socorro, comparece às pressas para corrigir de mão leve o estrago. Mas no dia seguinte, acordo com a cabeleira arrepiada por detrás como o rabo de um peru e o couro cabeludo dolorido ao mais ligeiro toque.

Tenho de me render ao corretivo que se impõe: dormir de touca. Improviso logo uma touca de meia de mulher, como as que usava quando moleque, para jogar futebol no quintal. Sucumbido, sinto que, se esta não aprovar, ajeitando-me a raiz dos cabelos no travesseiro, acabarei tendo de apelar para aquelas toucas de antigamente, barrete de dormir, de borla pendente.

Confio, todavia, em que até lá os cabelos já me tenham crescido no cocuruto o suficiente para que eu volte a ser um homem que não dorme de touca.

7
A escrita é outra

Leio no jornal uma entrevista do autor de *Cem anos de solidão*. Só que seu nome é Gabriel García Márquez e não Marques, como saiu publicado.

Não que eu seja lá muito cioso dessas coisas, pelo contrário: meus lapsos ortográficos costumam ser bem mais graves que uma simples troca do z pelo s. Fixei na memória a grafia certa do nome do escritor, não só por ter sido com Rubem Braga o seu primeiro editor no Brasil, mas principalmente por causa daquela sensacional entrevista sobre ele, que dei na época a uma estagiária de um jornal do Rio.

– Me mandaram fazer com você uma entrevista sobre o marquês – e ela foi ligando logo o gravador.

– Que marquês? – estranhei.

– Esse que vocês editaram.

– Não editamos nenhum marquês, que eu saiba.

– O autor desse best seller de vocês, *Cem anos de perdão*.

– De solidão.

– Ou isso: de solidão. Ele não é marquês?

– Não. Ele não é marquês. O nome dele é Gabriel García MÁRQUEZ. Com z no fim. Se duvidar, é capaz de ter até acento no a.

– Então é isso. Foi confusão minha – e ela não se deu por achada, muito menos por perdida, sempre empunhando

27

um gravador junto ao meu nariz: – Por que é que o livro dele está fazendo tanto sucesso?

– Porque é um livro muito bom.

– Foi por isso que vocês publicaram?

Respirei fundo:

– Por isso o quê, minha filha? Por ser muito bom?

Ela me olhou como se estivesse entrevistando uma toupeira:

– O que eu estou querendo saber é por que vocês publicaram o livro dele.

– Porque nos foi recomendado como sendo um livro muito bom.

– Recomendado por quem?

– Pelo Neruda.

– Quem?

– Pablo Neruda. Quando ele esteve no Rio pela última vez, falou com o Rubem que se tratava do romance mais importante em língua espanhola desde Dom Quixote.

– Quem é esse?

– Esse quem? O Rubem?

– Não: o outro.

– Dom Quixote?

– Não: esse cara que você falou antes. O que recomendou o livro.

Resolvi deixar cair:

– Você vai me desculpar, minha filha, mas não dá. A entrevista fica para outra vez, quem sabe. É muita honra para um pobre marquês, mas infelizmente... Ou Márquez, se você não se incomoda. No mais, muito obrigado.

– Eu é que agradeço!

Ela desligou o gravador, com ar satisfeito, despediu-se e foi-se embora.

Tudo depende do nosso ponto de vista em relação ao assunto. O meu era de frente, em relação a esta outra: uma estudante de seus 18 anos (vestibular do curso de Letras) que vinha a ser um verdadeiro esplendor.

Esplendor de nossa raça, bem entendido: direi em resumo que tinha competência para passar no vestibular do que quisesse, no que dependesse de apresentação física. Sua pele era da cor de sorvete de chocolate, daquele mais claro, mas não tão fria, muito antes pelo contrário, viva e cálida como a de um fruto – cor de jambo, como se dizia antigamente, só que já não me lembro bem da cor do jambo, faz tempo que não vejo um. O rosto era brejeiro, como também se dizia antigamente. E o corpo perfeito como... como...

— Como?

— Eu perguntei o que faz um redator.

Sentada à minha frente, ela deixara o eterno gravador ligado sobre a mesinha entre nós e esperava pela minha resposta, pernas cruzadas, joelhos à mostra. Descruzei as minhas:

— Não entendi bem a pergunta. Antes de mais nada, como é mesmo o seu nome?

— Lindalva – respondeu, com voz de criança.

— Que foi mesmo que você me perguntou, Lindalva?

— Eu perguntei o que faz um redator.

— Um redator? Um redator redige, não é isso mesmo? Mas por que você está me perguntando isso?

Ela descruzou as pernas:

— Você não é um redator?

Cruzei as minhas:

— Bem, de certa maneira... No jornal não sou propriamente um redator, mas um cronista. Ou um colunista, se você prefere. Também redijo, não há dúvida, mas o que eu sou na realidade é um escritor.

— E o que faz um escritor? — ela perguntou então, inalterável.

Meu Deus, ia começar de novo.

— Um escritor escreve — respondi, com um suspiro resignado.

— Não é isso que eu quero saber — reagiu ela, fazendo beicinho.

— Então pergunte o que você quer saber, Lindalva.

— Quero saber o que eu perguntei: o que faz um escritor — e ela tornou a cruzar as pernas.

Descruzei as minhas. Eu já lhe mostro o que faz um escritor:

— Um escritor é um sujeito que só sabe perguntar e não responder a perguntas. Ainda mais perguntas como essa.

De repente entendi:

— Ah, você está querendo saber não a função que exerce um escritor, mas as qualidades intrínsecas que fazem de uma pessoa um escritor, não é isso mesmo?

— Isso mesmo: o que é que faz um escritor?

— As qualidades intrínsecas — arrematei.

— Qualidades o quê?

— Intrínsecas.

— Ah, sei...

Ela mostrou os dentes, abrindo os lábios num sorriso. Pensou um pouco, e não lhe ocorrendo mais nada a perguntar, desligou o gravador, dando a entrevista por encerrada.

Chegou a minha vez de perguntar:

— Que faz uma pessoa como você, Lindalva?

— Como eu, como?

— Como eu como?

Cruzei as pernas, sem que ela descruzasse as suas:

— Estou querendo dizer é que acho surpreendente uma moça como você perdendo tempo em me entrevistar.

Acompanhei-a até a porta:
— Por que não entrevista o Sargentelli, e suas lindas mulatas do Oba-Oba? Você tem futuro.
— Ele também é escritor?
Disse-lhe que não: a escrita dele era outra.
— Gosto muito dos seus escritos — concedeu ela, com um trejeito.
— E eu dos seus.
— Dos meus escritos?
— Dos seus encantos — emendei.
— Então tá — e ela estendeu o rosto me oferecendo a face, muito faceira, para um beijo de despedida.

8
De mel a pior

— Qual é a primeira pessoa do presente do indicativo do verbo adequar? – pergunta-me ele ao telefone.
— Nós adequamos – respondo com segurança.
— Primeira do singular – insiste ele.
— Espere lá, deixe ver. Com essa você me pegou. E arrisco, vacilante:
— Eu adéquo?
— Não, senhor.
— Eu adeqúo? Não pode ser.
— E não é mesmo.
— Então como é que é?
— Quer dizer que você não sabe?
— Deixe de suspense. Diga logo.
— Não tem. É verbo defectivo.
— E você me telefonou para isso?

Verbo defectivo. Tudo bem. Eu não teria mesmo oportunidade de usar esse verbo na primeira pessoa do singular do presente do indicativo. Nunca me adéquo a questões como esta. Ou adeqúo.

— Presente do indicativo ou indicativo presente? – é a minha vez de perguntar: – No nosso tempo era indicativo presente.

E é a sua vez de não saber. Desculpa-se dizendo que andaram mudando tanto a nomenclatura gramatical que a gente acaba não sabendo mais nada.

— E o verbo delinquir? — torna ele.
— Que é que tem o verbo delinquir — quero saber, cauteloso.
— A primeira do singular?
— Não tem. Também é defectivo.

Mas ele é teimoso:
— E se um criminoso quiser dizer que não delinque mais?
— Se usar esse verbo, já delinquiu.

E acrescento, num tom de quem não sabe outra coisa na vida:
— Além do mais, leva trema no u.* Para que se fale *delincuir*, que é a pronúncia correta...
— Quem fala delinqir, sem o u, vai ver é da polícia.
— Ou quem fala tóchico, como diz o Millôr.
— O Millôr fala tóchico?
— Não. O Millôr é que disse que quem fala... Ora, deixa para lá.

Ele volta à carga:
— O trema já não foi abolido?
— Que abolido nada. Aboliram tudo, menos o trema.
— Por falar nisso, outro verbo defectivo.
— Qual?
— Abolir: não tem primeira do singular.
— Como não tem? — reajo: — Eu abulo.
— Neste caso seria eu abolo.
— Coisa nenhuma. Eu abulo, sim senhor.

E invoco a autoridade de quem sabe o que diz:
— Não é eu expludo? Pelo menos o Figueiredo não me deixa mentir.
— O Cândido ou o Fidelino?
— O João mesmo. O presidente. Ele falou expludo, e não explodo.

---
*Esta crônica foi escrita antes do Acordo Ortográfico da Língua Portuguesa de 2009. (*N. do E.*)

— Se vale essa regra, deveria ser eu cumo, eu murro, eu murdo...

— Então me diga uma coisa: você sabe qual é a primeira do singular do verbo parir no indicativo?

— Ninguém pare no indicativo.

— Pare, e em todos os tempos, meu velho.

— Esse, quem não corre risco de usar sou eu.

— Pois então fique sabendo: é simplesmente igual à primeira pessoa do singular do verbo pairar.

— Eu pairo?

— É isso aí. Uma senhora que tem muitos filhos pode perfeitamente dizer: eu *pairo* um filho por ano.

— Co's pariu!

— Se não quiser acreditar, não acredite.

É a vez dele:

— Você sabe qual é o plural de mel?

— Já vem você. Mel não tem plural.

— Como não tem? Tem até dois.

E me conta que outro dia um entendido em mel fazia uma preleção sobre o assunto na televisão. No que saiu do singular para se meter no plural, quebrou a cara:

— Acabou falando que existem muitos mels diferentes.

— E não existem?

— Existem. Mas não mels. Com essa ele se deu mal.

— Se deu mel, então.

Era a asa da imbecilidade começando a ruflar aos meus ouvidos:

— Ou você vai me dizer que mel também é verbo defectivo?

— Perguntei a uma amiga que entende.

— De mel?

— Não: de plural. Ela confirmou: tanto pode ser méis como meles. Mels é que jamais.

A essa altura o mentecapto fala mais alto dentro da minha cabeça:

— Dos meles, o menor.

Como ele não responde, acrescento:

— Até logo. Melou o papo.

E desligo o telefone.

9
Como melhorar a memória

Quando o pai do Belo Antônio, no delicioso romance de Vitaliano Brancati, soube que seu filho ainda não fora capaz de nada com a mulher desde a noite do casamento, por pouco não perdeu a cabeça: era a honra da família que estava em jogo. Tamanha vergonha seria motivo de zombaria e achincalhe na cidade inteira. E sua alma de velho varão siciliano tremeu nos alicerces.

Então mandou chamar Hermenegildo, seu cunhado, homem maduro e experimentado, veterano da guerra civil na Espanha e cuja tradição de machismo fazia dele um conselheiro ideal para aquela hora amarga.

– Mandei te chamar porque seu sobrinho... Meu próprio filho... Olha aqui, somente você...

Faltava-lhe uma palavra, que não lhe vinha à memória de jeito nenhum, e era o próprio nome do cunhado.

– Como é mesmo o diabo do seu nome?

– Quem? Eu? – perguntou assustado Hermenegildo.

– Sim, você! Quem é que havia de ser? Como é o seu nome?

Baixou na cabeça de Hermenegildo um tijolo de estupidez: a aflição do outro era contagiante. Tentou ganhar tempo:

– Meu nome? Que história é essa? Então você não sabe como eu me chamo?

- Sei, mas esqueci - tornou o outro, cada vez mais impaciente: - Diga logo, homem, como é que você se chama?
- Eu... Bem, eu... - e o cunhado não passava disso.
- Seu nome, vamos! Será que você esqueceu até o seu nome? Já está pior do que eu?

O cunhado arregalava os olhos, revirava a cabeça e o nome não lhe vinha. De repente deu um salto e soltou um berro:
- Hermenegildo! Hermenegildo, porca miséria! Então você acha que eu não sei quem sou? Hermenegildo, seu cunhado, imbecil!

Aliviado, respirou fundo, e pediu, por sua vez:
- Agora me diga o seu.

ESTE EPISÓDIO, que transcrevo de memória, é apenas aparentemente cômico: na verdade se inspira numa dramática situação em que qualquer um pode se meter e que muitas vezes me tem apanhado na sua aflitiva rede de equívocos. Haja vista os surtos de amnésia a que sou sujeito nas noites de autógrafo: não me lembro do nome de ninguém e fico a olhar com cara de parvo para o livro que me é estendido, sem saber como se chama aquele meu velho conhecido a quem deve ser atribuída a dedicatória. O tal tijolo de estupidez que se abateu sobre a cabeça do Hermenegildo pode esmigalhar a minha a qualquer momento. Basta alguém na rua me abordar chamando-me pelo nome para que eu caia na cautelosa expectativa da pergunta que fatalmente se seguirá:
- Está se lembrando de mim?

Estou. Isto é, estava - e ainda estaria, se não fosse o bloqueio fatal que a impertinente pergunta provoca em minha mente, logo agravado pelo desprimoroso desafio:
- Então diga quem eu sou.

Pronto, não há mais condição de dizer coisa nenhuma, quanto mais o nome desse homem que me olha com um sorrisinho de desafio, e que de repente eu simplesmente nunca vi mais gordo. Ou dessa mulher antipática em quem um segundo antes eu talvez reconhecesse com prazer uma velha conhecida.

Trata-se, realmente, de uma agressão. E não há como reagir, senão mergulhando de cabeça no abismo das gafes mais disparatadas.

POR ISSO MESMO, antes que eu me esqueça, compro o livro e trago-o para casa. Há muito tempo ando atrás dele: *Como melhorar sua memória*, de um americano cujo nome no momento não me vem à memória.

Logo às primeiras páginas o autor se propõe a fazer com que eu tenha uma memória tão extraordinária como a do General Marshall. Quem foi mesmo o General Marshall? Além do plano que tomou seu nome, o que mais que ele fez?

Diz o autor que o General Marshall, durante a guerra, concedeu uma entrevista coletiva a mais de sessenta correspondentes. Cada um fez a sua pergunta, o general ouviu atentamente, e depois respondeu uma por uma, pela ordem, e lembrando-se ainda do nome de cada jornalista e do respectivo jornal.

Não peço tanto. Meu problema com relação à memória é muito mais primário e toca às vezes as raias da oligofrenia: simplesmente não sou capaz de guardar o nome ou a cara das pessoas.

Uma fisionomia familiar, que não identifico, deixa-me logo naquele estado de inquietação que prenuncia a eclosão desastrosa de uma gafe. Então bato cordialmente às costas de um desafeto, ou forjo outro, virando a cara a um velho conhecido. Já cheguei, por equívoco, a despedir-me num bar estendendo a mão a um por um dos que compunham uma roda de gente inteiramente desconhecida – a minha mesa era outra, fato que me escapou ao voltar do toalete. Certa vez, noutro bar, eu era servido por um velho e conhecido garçom, com ares de desembargador aposentado. Foi o homem ir lá dentro mudar de paletó para sair, e retive-o quando voltava, convidando-o para tomar alguma coisa: para mim agora se tratava mesmo de um conhecido desembargador aposentado.

Não que minha falta de memória se circunscreva aos bares, onde se bebe para esquecer. Ainda há pouco tempo eu me referia aos vexames que o esquecimento me tem feito passar, nascido da mais diabólica distração. Em matéria de nomes e fisionomias, então, o General Marshall é, para mim, um dos grandes gênios da humanidade: não creio que em toda a minha vida tenha guardado corretamente sessenta nomes na cabeça. O pior é que me vem sempre a insopitável cretinice de designar alguém que conheço por um nome semelhante ao seu, ou mesmo completamente diferente, sem nenhuma procedência, aumentando a confusão. É fácil perceber por que o Esmaragdo para mim é Maraschino, o Vinicius é Demetrius e o Josué é Samuel. Mas por que diabo chamo o Paulo Mendes Campos de Nicodemus e o Pedro Gomes de Ramon?

Pois encontrei no tal livro um capítulo especialmente dedicado ao meu caso. Propõe um método prático e infalível de ligar para sempre uma fisionomia ao seu verdadeiro nome, evitando confusões futuras e as distorções que fazem surgir na minha mente uma floresta de apelidos. Consiste simplesmente no seguinte: primeiro destacamos no rosto da pessoa que não queremos esquecer um detalhe qualquer – o bigode, por exemplo; depois ligamos o indivíduo em questão ao lugar em que o encontramos – vamos dizer

a Praça General Osório; finalmente, juntamos seu nome –
digamos Carlos Penteado – aos dois dados anteriores, numa
frase que ficará para sempre na memória, representando
simbolicamente a pessoa da qual não queremos nos esquecer.
Assim: o General Osório penteou o bigode de Carlos.
Ou então: o penteado do Carlos Osório foi feito pelo general
de bigode.

Fácil, como se vê. Diz o livro que então a presença da
referida pessoa fará logo saltar-nos na mente a frase que
compusemos, e nosso único trabalho será traduzir. Como
medida de precaução, devemos sempre que possível anotá-la
num caderninho, para não esquecer.

Outra coisa que o livro ensina, e que não me saiu mais
da cabeça, é que não adianta quebrá-la, tentando arrancar
dela aquilo que a gente esqueceu. Esta lição, pelo menos,
imediatamente aprendi: deixei de fazer força para me lembrar
do que quer que seja e continuo vivendo como sempre,
sem me lembrar de nada, mas pelo menos sem me aborrecer
mais com isso.

Ainda há pouco me veio à lembrança um sugestivo
exemplo com que ilustrar o meu progresso em matéria de
memória, e que serviria de brilhante fecho a esta crônica.
Como veio, foi – pouco importa: fecho-a assim mesmo.

10
O hóspede do 907

No Century Hotel à Rua 46, entre a Broadway e a Sexta Avenida, mora desde algum tempo um estranho personagem. Às nove em ponto, qualquer que tenha sido a hora tardia da madrugada em que a cama o recebeu, lá vai ele para o trabalho na Delegacia do Tesouro Brasileiro. Seu terno é escuro; seus movimentos se desdobram em duros ângulos de autômato. O indefectível monóculo preside o olhar esgazeado e místico de poeta, que se funde à rigidez das coisas ao redor numa nostalgia de cegueira. Joe, o porto-riquenho da lanchonete, comenta ao vê-lo passar:

– *That's the Old Man. He's my friend again.*

Chamam-no de Old Man por causa dos cabelos que, segundo ele afirma com muito orgulho e alguma astúcia, já eram brancos aos 20 anos. Rompe constantemente com Joe durante a noite, pela manhã confraterniza. O primeiro rompimento, ao que fui informado, forçou-o a um jejum matinal de uma semana (procurar outro lugar para tomar o seu café pela manhã ou mesmo dirigir-se ao *drugstore* da esquina é façanha que escaparia às suas forças); foi motivado pela defesa de um bêbado que, desrespeitando o decoro ambiente e respeitando a lei do menor esforço, candidamente verteu no salãozinho, da banqueta mesmo, toda a cerveja ingerida lá no bar.

De outros rompimentos, não sei a causa. O certo é que eles hoje são amigos: quando de madrugada o telefone toca,

Joe, manipulando sanduíches, xícaras, ovos, frigideiras e pedaços de presunto com suas vinte mãos, vai falando antes mesmo de atender:

– *The Old Man. Orange juice, ham and cheese sandwich, cup of coffee. Hei, Jimmy! Take this to 907, the Old Man.*

E Jimmy, o ascensorista, sobe com o jantar do 907, às quatro da manhã.

Nunca chegou atrasado ao trabalho, e tem escrúpulos de compor poemas ou músicas em papel de serviço, sabe identificar-se exteriormente com a burrice geral quando é preciso. Em suma: excelente funcionário, embora seja o antiburocrata por excelência. Não sabe telefonar, pregar selo em carta, redigir telegrama, e sua caligrafia nem ele mesmo decifra. Assim tem perdido seus melhores poemas: por não conseguir ler o que escreveu. Variar de restaurante é para ele um suplício e já foi forçado a cortejar a vendedora da casa de roupas, única maneira de comprar o que desejava. Acabou comprando roupa diariamente, só para vê-la. Mais uma de suas famosas noivas. Durou uma semana, ou seja: seis dúzias de lenços.

LÁ ESTÁ ELE, no 54º andar do mais alto edifício da Rockefeller Plaza, manejando borderôs cambiais, convertendo franco suíço em dólar e redigindo um ofício ao cônsul da Noruega. Agora parou um instante, tirou o monóculo, falou para si mesmo qualquer coisa como "o silêncio das coisas tem um sentido" e foi à janela. Sua vista se alonga pelo West Side, sobre o telhado feio dos edifícios, em meio ao labirinto dos arranha-céus. Nova York se estende aos seus olhos, completamente nua.

Um dia ele previu o desaparecimento dessa cidade. Mas não conta nada, pois se o Schmidt ficar sabendo escreverá um poema.

Agora ele recua da janela, passeia pela sala os olhos claros. Vai deixando de enxergar os objetos ao redor. É a música. Prolonga o pensamento musical até a última ressonância, põe-se a brincar com um acorde que vai deixando de ser Debussy, Wagner, Mozart, para ser agora outra espécie de melodia mais cálida e mais próxima: uma toada de cego do Norte, pungente, brasileira – bruscamente quebrada pela ignorância galega de uma pergunta:

— Diga-me uma coisa, sempre é vurdade que Rio Grande do Sul vem a ser capital de Purto Alegre?

— Naturativelmente.

— Como?

— Naturativelmente, minha senhora.

E a portuguesa, também funcionária, se retira muito satisfeita com a confirmação.

COM ISSO O PENSAMENTO se evolou, a frase musical recém-achada se perdeu. Mas logo o olho místico voltará a crescer por detrás do monóculo. Então ele se desgarra do chão de mansinho, sai levitando, sobe, invade os céus, conversa com Deus cordialmente, sem a menor cerimônia. Tamanha intimidade me assusta. Mas ele explica:

— É meu amigo, ora essa! Deus tem seus amigos, você sabe disso. Os poetas em geral são todos amigos d'Ele. Olha, vou lhe contar, mas aqui entre nós, não conte para ninguém.

Exigiu que eu jurasse, e então contou:

— Deus gosta mais de uns do que de outros. Essa é que é a Justiça Divina, a verdadeira, a que ninguém entende, nem eu, nem você. A outra, a que dizem por aí, é pura publicidade.

E volta-se para o crucifixo na parede de seu quarto, humildemente:

— Estou exagerando?

Não se arrisca a falar nada sem consultar o crucifixo. Às vezes o crucifixo o desmente e ele se esbofeteia com violência:

– Toma, para você aprender.

Esse crucifixo pesa-lhe sobre a cabeça. Sem conseguir dormir, levanta-se de madrugada, abre a janela e põe-se a gemer para as estrelas. Os outros hóspedes já se acostumaram. Depois, apaziguado, volta para a cama e consegue dormir alguns minutos.

Um dia pensou ter chegado a sua hora: dores tremendas, vômitos, convulsões. Foi para o hotel, deitou-se penosamente e esperou. Voltou-se para o crucifixo, abriu os braços, desalentado:

– Mas que surpresa, hein? Assim sem avisar nem nada...

Depois de algum tempo, vendo que não morria, resolveu tomar um remédio para estômago. Lagosta estragada.

Uma tarde me telefonou de sua repartição (com o auxílio da telefonista, é claro) dizendo emocionado achar-se no céu, entre as nuvens. Imediatamente fui lá para ver o que acontecia, pois não é do seu costume ir ao céu nas horas de expediente. Encontrei-o na sua mesa atulhada de papéis, agitando os braços, feliz, literalmente entre nuvens, nadando em nuvens: abrira a janela pouco antes e a nuvem que rodeava o edifício invadira a sala aos poucos, envolvendo-o por todos os lados, trazendo aos seus olhos um pouco de eternidade.

ASSIM É ELE EM NOVA YORK, como em qualquer outra parte: deixa o serviço às seis horas e vai para o hotel, ou pelo menos tem sempre a intenção de ir para o hotel. Pelo caminho encontra-se, porém, com Vinicius de Moraes na Inglaterra, com Manuel Bandeira no Brasil, com José Auto nos Estados Unidos, poetas em todos os tons, a sua, a minha, a vossa salvação por este mundo: conhecem sempre a um primeiro olhar os melhores versos e os melhores bares, solidarizam-se com a lua e os bêbados da madrugada, no gosto de se sentirem irmãos. E resultado: o hóspede do 907 do Century Hotel em Nova York, um dos primeiros a sair, será o último a chegar. Na lanchonete aberta ainda aos retardatários, Joe, o porto-riquenho, sacudirá a cabeça ao vê-lo passar:

— *The Old Man. Not so late, tonight.*

Dentro em pouco, Jimmy, o ascensorista, deixará de conversar, à escuta:

— *Pssssss! Old Man is playing.*

Pela noite já envelhecida, os hóspedes insones, os casais infelizes, os empregados ainda acordados ouvirão através dos corredores o violão tocado de manso. A música sofrida de Jayme Ovalle finalmente se desprende, incerta entre um versículo da Bíblia, seu único livro, e a figura da dançarina negra, sua única noiva dessa semana. Firma-se na nostalgia de um condado da Inglaterra onde viveu, na ternura pelas sobrinhas, sua vocação de pai, ou na lembrança daquele amor que soprou sobre ele envolto em brisa num dia de mocidade quando passeava com *ela* num jardim.

11
Notícia de jornal

Leio no jornal a notícia de que um homem morreu de fome. Um homem de cor branca, 30 anos presumíveis, pobremente vestido, morreu de fome, sem socorros, em pleno centro da cidade, permanecendo deitado na calçada durante setenta e duas horas, para finalmente morrer de fome.

Morreu de fome. Depois de insistentes pedidos de comerciantes, uma ambulância do Pronto Socorro e uma radiopatrulha foram ao local, mas regressaram sem prestar auxílio ao homem, que acabou morrendo de fome.

Um homem que morreu de fome. O comissário de plantão (um homem) afirmou que o caso (morrer de fome) era da alçada da Delegacia de Mendicância, especialista em homens que morrem de fome. E o homem morreu de fome.

O corpo do homem que morreu de fome foi recolhido ao Instituto Médico Legal sem ser identificado. Nada se sabe dele, senão que morreu de fome.

Um homem morre de fome em plena rua, entre centenas de passantes. Um homem caído na rua. Um bêbado. Um vagabundo. Um mendigo, um anormal, um tarado, um pária, um marginal, um proscrito, um bicho, uma coisa – não é um homem. E os outros homens cumprem seu destino de passantes, que é o de passar. Durante setenta e duas horas todos passam, ao lado do homem que morre de fome, com um olhar de nojo, desdém, inquietação e até mesmo piedade, ou sem olhar nenhum. Passam, e o homem continua morrendo de fome, sozinho, isolado, perdido entre os homens, sem socorro e sem perdão.

Não é da alçada do comissário, nem do hospital, nem da radiopatrulha, por que haveria de ser da minha alçada? Que é que eu tenho com isso? Deixa o homem morrer de fome.

E o homem morre de fome. De 30 anos presumíveis. Pobremente vestido. Morreu de fome, diz o jornal. Louve-se a insistência dos comerciantes, que jamais morrerão de fome, pedindo providências às autoridades. As autoridades nada mais puderam fazer senão remover o corpo do homem. Deviam deixar que apodrecesse, para escarmento dos outros homens. Nada mais puderam fazer senão esperar que morresse de fome.

E ontem, depois de setenta e duas horas de inanição, tombado em plena rua, no centro mais movimentado da cidade do Rio de Janeiro, um homem morreu de fome.

Morreu de fome.

12
De homem para homem

Você talvez não se lembre: devia ter naquela época uns 14 ou 15 anos. Eu tinha 7. Sei disso, porque naquele ano havia entrado para o grupo escolar. E foi no grupo que ganhei meu bodoque.

Trata-se, portanto, de um bodoque – também chamado de atiradeira ou estilingue. Nós chamávamos de bodoque: uma forquilhinha, em geral de goiabeira, raspada a canivete, da qual partiam duas tiras finas de borracha de câmara de ar de bicicleta, bem amarradas (era preciso esticar bem para amarrar, do contrário se soltavam) e juntas na outra extremidade por um pedaço de couro de língua de sapato velho. Assim eram os bodoques, e não serviam só para matar passarinho, como você insinuou, serviam para tudo: para quebrar vidraça, para derrubar manga, para tiro ao alvo, para guerrear contra os outros meninos. Deus é testemunha de que nunca consegui matar nem um passarinho com bodoque ou sem ele, era péssima a minha pontaria – esse pecado não carrego comigo, foi uma injustiça da sua parte. E honra me seja feita: o único passarinho morto que me caiu nas mãos, achado no quintal já meio comido de formigas, enterrei com todo o respeito, depois de abrir com o canivete, para ver como ele era por dentro. Isso os médicos estão cansados de fazer com gente de verdade nos hospitais, não é pecado nenhum.

Que foi que aconteceu com o meu bodoque? Você não se lembra, certamente, nem chegou sequer a saber como ele veio parar nas minhas mãos. Pois lhe conto agora: eu tinha uma coleção de marcas de cigarro que troquei com Evandro por uma coleção de pedras preciosas de vidro; vendi as pedras por 400 réis dos grandes e com eles, e mais um pião, e mais uns selos da Tasmânia que tinha ganho numa aposta, e mais – não tenho certeza – duas ou três bolas de gude, comprei afinal o bodoque de um menino que já não me lembro mais quem era. Faz diferença eu não me lembrar mais quem era?

Pois bem: e que foi que aconteceu? Aconteceu que naquele mesmo dia eu fui procurar Newton e Toninho para mostrar o meu bodoque, muito melhor do que os deles, não encontrei nem um, nem outro. E olhe que Newton sabia fazer bodoque! As forquilhas dos bodoques dele sendo tão fechadinhas que era preciso esticar muito para não pegar no dedo, a pedra passava por cima. Encontrei foi você, na porta da casa do Armando e do Quico, ali na Rua da Bahia. Eu trazia o bodoque enrolado no bolso da calça e queria fazer uma surpresa, se não para o Newton e o Toninho, pelo menos para o Quico, que não tinha bodoque nenhum ainda. Você já era meio compridão feito hoje, me lembro que me olhou de cima para baixo com esses olhos meio caídos que tem até hoje e me disse: "Aonde é que você vai aí todo satisfeito?" Eu disse que ia mostrar ao Quico o meu bodoque, você então perguntou: "Bodoque?" e me pediu para ver, com ar fingido de quem já é velho demais para ficar pensando em bodoque. Então caí na asneira de enfiar a mão no fundo do bolso da calça, tirar o bodoque e mostrar. E você, o que foi que fez? Pegou no bodoque como se quisesse mesmo ver, mas logo abriu o paletó e me mostrou a fivela do cinto, falando: "Olha aí." E guardou meu bodoque no bolso. Era uma fivela dourada de cinto de escoteiro e nela estava escrito "Sempre Alerta" debaixo de uma flor-de-lis. Mas era só o cinto, você não estava fardado de escoteiro, estava até de calça comprida, que você já usava. Armando, que também era mais velho, veio chegando e viu, perguntou o que era, então você explicou para ele: "Sou escoteiro, tomei o bodoque dele."

Tomou meu bodoque. Quando eu entendi que você me tinha tomado mesmo o bodoque por ser escoteiro, e escoteiro não pode matar passarinho, perdi a cabeça e comecei a gritar: "Mas eu não sou! Me dá meu bodoque!" Acabei chorando de raiva e o próprio bodoque, digo, o próprio Armando insistia com você que não fizesse isso, deixe de coisa, dá o bodoque do menino. E você ali inabalável, até achando graça na minha raiva. Acabou dizendo que primeiro ia apurar se eu costumava matar passarinho com bodoque (jurei que não, era para derrubar manga!) e no caso de não apurar nada, era possível que devolvesse. Saí dali meio perplexo, já nem chorando mais, esmagado pelo peso da sua autoridade de escoteiro.

Pois muito bem: foi isso que aconteceu. Depois daquele dia tive uma porção de bodoques, fui escoteiro também, nunca me aconteceu tomar bodoque de ninguém. Os anos passaram, eu cresci, muitas coisas me aconteceram, e aqui estou. Você também cresceu, embora já fosse bem crescido, muitas coisas lhe aconteceram, você aí está. De vez em quando tenho notícias suas por amigos comuns, de vez em quando cruzamos na rua um com o outro, chegamos mesmo a trocar palavras de cordialidade, somos velhos conhecidos, nada temos um contra o outro.

A não ser o bodoque. Seu candidato venceu nas eleições, você veio para o Rio, foi nomeado para um alto cargo administrativo onde, dizem os jornais, tem revelado competência. Fico muito satisfeito com isso, você levando a sua vida e eu a minha, está tudo muito bem.

A não ser o bodoque. Seu nome, para mim, antes de mais nada, continua ligado ao bodoque que você me tomou e nunca mais devolveu. Só porque era escoteiro. Ora, tenha paciência! Hoje não sou menino mais, você pode ser mais alto e mais velho do que eu, pode ser muito importante, diretor, ministro, ou lá o que seja, até presidente da República, não me espantaria, do jeito que as coisas vão – mas eu sou homem também. E se você quer que eu te considere um homem, antes de mais nada me devolve meu bodoque. Eu quero meu bodoque.

13
Cada um no seu poleiro

Mal começa a clarear o dia, ele desanda a berrar lá fora:
— Poeta! Poeta!
Salto da cama, morto de sono, para fechar a janela. Ainda assim seus gritos atravessam o vidro e acabo desistindo de dormir. Volto à janela para receber a primeira brisa da manhã e vejo-o lá embaixo, ao fundo de uma das casas da vila, mexendo-se inquieto no seu poleiro, sacudindo a corrente que lhe prende o pé. Assobio, faço-lhe caretas, procuro chamar sua atenção.
— Eh, papagaio!
— Poeta! — saúda-me ele, alegremente, eriçando as asas verdes.

Certamente me toma por outra pessoa. Não sou poeta e ainda venho do tempo em que as anedotas de papagaio tinham graça. A da mágica no navio. A do pinto pelado, piu-piu-piu. A da galinha no caminhão, ou dá, ou desce. E outras, centenas de outras, envolvendo incursões no galinheiro e de significado fescenino, quase sempre em tiradas de baixo calão. Um papagaio que se preza é sempre desbocado e assume ares de poder retrucar com um nome feio a menor provocação, compenetrado de seu papel de símbolo da malícia, da irreverência e da safadeza, curupaco papaco!, a mulher do macaco. Ela fuma, ela pita, ela toma tabaco.

— Poeta! — berra o bichinho lá de baixo, todo amigão.

Este, porém, parece não saber dizer senão esta palavra. Como e por que a aprendeu? A menos que, apurando melhor o ouvido, para minha desilusão, não venha eu a entender que ele me chama de pateta.
– Pateta – experimento.
– Poeta – tranquiliza-me ele.

Às vezes sou inclinado a acreditar que o que ele diz é "careca!" – referindo-se, logicamente, a outra pessoa, pois tampouco vejo ainda ameaçada a integridade de meus cabelos. Acabo concluindo que o vocabulário de sua papagaiada se resume a uma só palavra, que vem a ser um misto das três, assumindo o papel de qualquer delas, segundo as conveniências. Somente assim o diálogo se torna possível entre nós dois:

– Passo os meus dias tentando um meio de expressão daquilo que me vai na alma e que vem a constituir a súmula de minha experiência vital. Talvez eu haja errado de vocação. Na sua abalizada opinião, é possível que no fundo eu não venha a ser senão o quê?
– Poeta! – berra ele de lá.
– Muito obrigado. Aproxima-se a época das eleições. As intuições vigentes, cada vez mais vigentes, preparam-se para propiciar ao povo o exercício das prerrogativas democráticas na escolha do governante que represente a sua vontade soberana. Já sabemos qual o candidato que vai ganhar. Pode me dizer qual o que vai perder?
– Careca! – ele responde imediatamente.
– E quem não acredita nisso, que vem a ser?
– Pateta!
– Então responda a esta última: Edgar Poe o que era?
– Poeta!
– Muito bem – cumprimento-o, satisfeito. Mais satisfeito ainda, torna a abrir as asas, o pilantra, executa uma

dancinha para lá e para cá, até que lhe acaba acontecendo algo que não estava no programa: cai do poleiro.

Fica dependurado pelo pé, a balançar-se como um pêndulo, meio perplexo ainda, sem entender bem o que foi que houve. Depois tenta subir, pela própria corrente, com ajuda do bico, mas a meio caminho despenca outra vez, agitando-se, desesperado. Experimenta a escalada por um cano da parede, mas a corrente não dá – ou dá, ou desce.

Poeta! Careca! Pateta! se esbalda de gritar – em vão, ninguém vem em seu socorro. Sinto muito, mas daqui de cima nada posso fazer por ele. A vizinha aparece à janela da cozinha; faço-lhe sinais, apontando o papagaio. Ela não parece entender e fica me olhando com cara de papagaio. Prudentemente, resolvo retirar-me antes que o marido, cuja cabeça – por sinal careca – acaba de surgir em outra janela, interprete mal os meus gestos: papagaio come milho e periquito leva a fama. Agora te aguenta aí, meu louro. Quem te encomendou tamanho assanhamento? Lembra-te do exemplo da coruja, que não fala, mas presta muito mais atenção. *Never more*, como diz teu negro primo. E adeus, vê se agora me deixa dormir.

Antes que eu me retire, todavia, ele volta a tentar a subida batendo obstinadamente as asas curtas. Logra alcançar apoio na corrente até morder a lata com o bico e consegue afinal, depois de muito esforço, alçar-se de novo ao poleiro. Estala a língua preta num suspiro de alívio, eta mágica besta!, inclina para mim a cabecinha com seu olho duro em desafio e então – palavra de honra – para não negar a raça, deixa escapar enfim o que, sem sombra de dúvida, me pareceu distintamente um sonoro palavrão.

14
O menestrel do nosso tempo

Outro dia ele estreou em São Paulo. No ano passado percorreu quarenta cidades paulistas e mineiras, cantando para mais de cem mil pessoas. Este ano já esteve na Bahia, em Pernambuco, em Minas e no Rio Grande do Sul.

> Do alto de seu trono, o poeta, gordo e
> cabelos brancos, literalmente conduz o público
> para uma apoteose em que ninguém deixa
> de cantar com ele. (Da revista *Veja*)

Quando regressou de Los Angeles, nos idos de 1950, foi entrevistado pela televisão. A música mais em moda atualmente? Chama-se "I've Got You Under My Skin" – e começou a cantar, como um *crooner* de Tommy Dorsey. Um escândalo! – diplomata de carreira, poeta consagrado, como é que se dava a tamanho desfrute. Os que estranharam não perderam por esperar: em pouco era o sucesso dos shows como o do *Bon gourmet,* o encontro com Tom, *Orfeu da Conceição,* João Gilberto, bossa nova. O resto é história da música popular brasileira.

OUTRO DIA ELE me telefonou de Porto Alegre. Como vão as coisas? E aqueles longos silêncios que nos obrigam a falar sem parar, dando notícias, inventando assunto. O interlocutor em geral não sabe que ele está falando de dentro de uma banheira, onde permanece horas, copinho de uísque à mão, papel e lápis para qualquer eventualidade, e o telefone para saber dos amigos como vão as coisas. Telefona de onde estiver: de São Paulo, Recife, Lisboa, Paris. Telefonava de Los Angeles para Nova York, e me dava aflição a distância entre as duas cidades, implicando uma conta de interurbano catastrófica para ele naquela época: Que é que você manda? Está precisando de alguma informação? Algum recado urgente?

E ele, com a voz descansada:

— Não, é só para saber como vão as coisas.

> Oh, quem me dera não sonhar mais nunca
> Nada ter de tristezas nem saudades
> Ser apenas Moraes sem ser Vinicius!

O PLURAL DE SEU NOME, segundo Sérgio Porto, se deve ao fato de não ser um apenas, mas uma porção de Vinicius. Tem o dom da ubiquidade. Pode ser encontrado em toda parte ao mesmo tempo: em Petrópolis, Ouro Preto, Londres, Paris, Roma. Em Buenos Aires, onde estive uma semana depois dele, encontro ecos de sua passagem: seu show fez mais sucesso que a orquestra de Duke Ellington. No bar do hotel em que ele costuma ficar, garçonetes indiferentes atendem os fregueses, mas se alvoroçam, assanhadinhas, quando menciono seu nome: amigo dele? Quando é que ele volta? E o *barman* da primeira classe do *Eugênio C*, um velho italiano com mais de 15 anos de profissão, me assegura que tem bons fregueses, entre os passageiros mais constantes – mas nenhum como um poeta brasileiro, chamado... Não, não precisa dizer, pode me dar o chapéu que é ele mesmo.

Em 1944, três jovens literatos mineiros o esperavam no Alcazar, o bar da moda na Avenida Atlântica. De paletó e gravata, como bons provincianos. E ele chega de calção, pedalando uma bicicleta. Depois de muitos chopes (e uma lição que se dignou a ministrar-nos, a pedido nosso, sobre certas práticas eróticas ainda pouco divulgadas na província), foi-se como veio – para nosso pasmo, assinando a nota com a maior naturalidade. Aquele era o poeta de *Forma e exegese*. Da "Legião dos úrias". Do "Bergantim da aurora". Da música das almas. O sentimento do sublime:

> Quem sou eu senão um grande sonho
> [obscuro em face do sonho
> Senão uma grande angústia obscura em
> [face da angústia.

Foi para nós uma das primeiras revelações de Poesia, com *p* maiúsculo. Mas foi também, mais tarde, um dos primeiros a desmascarar aos nossos olhos a mistificação da grandiloquência, em favor de uma poesia mais simples, colhida na intimidade do cotidiano.

Trinta anos de convivência! Um dia desses marcamos um encontro. Escolhemos um bar pouco frequentado, onde pudéssemos conversar calmamente. E de súbito, solenizados diante de nosso uísque, em silêncio até ali, nos olhamos e começamos a rir: engraçado esse nosso encontro para conversar. Conversar o quê? Já não está tudo conversado? Pois então vamos embora, não é isso mesmo? E começamos a rir como dois meninos, sem perceber que estávamos exercendo o simples ritual da amizade além das palavras.

> Homem, sou belo, macho, sou forte,
> [poeta, sou altíssimo.

FAZENDO PONTO no Vermelhinho, em 1945, com Rubem Braga e Moacir Werneck de Castro. A tomada de posição política e a consciência dos problemas sociais refletindo-se na poesia. Sua convivência com pintores e arquitetos: Carlos Leão, Santa Rosa, Niemeyer. O homem estava em todas: circulando com Orson Wells, recebendo Neruda em sua casa, dançando *boogie-woogie* na casa de Aníbal Machado, fazendo crítica de cinema: por que Ginger Rogers, com tão belas pernas, não representa de cabeça para baixo? Tinha ideias inusitadas, como a de defender o cinema mudo – ou de anunciar que, segundo fora informado, a esquadra inglesa estava fundeada na Lagoa Rodrigo de Freitas. O mais grave é que todos nós acreditamos, ou pagamos para ver: enchemos três táxis e fomos lá conferir. Depois ousou voar no maior hidroavião do mundo, um monstrengo chamado *Leonel de Marnier*. Eu disse que não fosse, ia cair. Resultado: caiu mesmo e ele morreu pela primeira vez.

ERA UMA DELEGAÇÃO de intelectuais que visitava Belo Horizonte, em 1943, a convite do então prefeito Juscelino. Em meio a tanta gente, ele era o poeta. E alta noite fomos ver a lua no Parque Municipal. Alguém apareceu com um violão: depois de um sambinha ou outro, ele começou a tocar – e a cantar! – "Blue Moon". Tomados de entusiasmo etílico, por pouco não celebramos o insólito acontecimento jogando Etienne Filho dentro do lago. Depois subimos a pé a Avenida João Pinheiro e já somos apenas três, em companhia do poeta de nossa admiração. Vamos para o banco de sempre na Praça da Liberdade, puxar uma angustiazinha:
– Que sentido têm as coisas?
– Que somos nós, diante da eternidade?

A alma encharcada de literatura até o rabo. Mas o poeta não deixa por menos:
– Bom mesmo é mulher.
– "Espécie adorável de poesia eterna!"
E ao fim, "nós todos, animais, sem comoção nenhuma, mijamos em comum numa festa de espuma."

> Nova York acorda para a noite. Oito milhões
> de solitários se dissolvem pelas ruas sem manhã.
> Nova York entrega-se.

DE REPENTE, em 1946, baixou o Leviatã. Então fomos embora. Em Ciudad Trujillo um coronel de 17 anos, sobrinho do ditador, se encarregou de nos mostrar a cidade – sempre ameaçando mandar fuzilar o poeta quando este começava a descompor o tio. Em Miami foi desclassificado num concurso de rumba, apesar do estímulo de minha torcida. E em Nova York foram dias (e noites) de alumbramento, emoção e poesia, Jayme Ovalle, José Auto e companhia. Lá pelas tantas, o poeta escafedeu-se – ou foi raptado por uma mulher, nunca ficou bem apurado. Ressurgiu como cônsul em Los Angeles, de onde regressou quatro anos mais tarde, de cabelos grisalhos e passado a limpo.

– Estive com ele. Está mais sério, mais maduro.
– Então vai dar passarinho – concluiu judiciosamente Jayme Ovalle.

Deu novo casamento – passou, mesmo, a casar-se com relativa frequência. Morrendo a cada nova paixão. *Que seja infinito enquanto dure!* E recomeçando a vida com uma escova de dentes, deixando tudo atrás de si, ao sair para outra.

> Mais do que nunca é preciso cantar!

QUAL o segredo dessa permanente renovação? Com seu jeito mansinho e seu cabelo de Visconde de Cairu, lá vai ele. O carioca agora é baiano. Bênção, meu santo. Saravá! Quantas vezes o vi ressurgir, com fôlego de sete gatos, para acrescentar alguma coisa à sua obra numerosa de poeta, sempre exaltando a vida, o amor e a mulher, fontes perenes de sua inspiração. Os adultos às vezes se irritam – mas as crianças o entendem. Hoje a sua mensagem se transmite através da música – desceu do pedestal da literatura para tornar-se o grande menestrel de nosso tempo. A palavra se fez canto, o poema se fez canção – como diz Otto Lara Resende no prefácio do seu livro de sonetos:

"O poeta altíssimo está, finalmente, na boca das multidões."

15
Que língua, a nossa!

Já faz algum tempo, dei com um texto de um sociólogo brasileiro muito prestigiado na época, que começava assim:

"Os problemas que obstaculam o desenvolvimento do Brasil..."

Consultei o dicionário: o verbo obstacular simplesmente não existia. Em compensação, descobri que existia obstaculizar, no sentido de criar obstáculos, impedir, dificultar. Por que não falar nos problemas que impedem, dificultam o desenvolvimento do Brasil? Mania de complicar as coisas. Resultado: o nosso sociólogo acabou cassado.

Estávamos ainda nos primórdios do tecnolês. Hoje em dia a coisa chegou a tal ponto que deixou para trás aquela pessimista observação de George Orwell sobre a linguagem técnica de nosso tempo. O escritor inglês ousou imaginar como seria escrito atualmente um trecho bíblico – e tomou como exemplo esta passagem do Eclesiastes:

"Voltei-me para outra coisa, e vi que debaixo do sol não é o prêmio para os que melhor correm, nem a guerra para os que são mais fortes, nem o pão para os que são mais sábios, nem as riquezas para os que são mais hábeis, nem o crédito para os melhores artistas – mas que depende do tempo e das circunstâncias." (IX: 11)

Agora a mesma coisa, na linguagem do nosso tempo:

"Uma objetiva consideração dos fenômenos contemporâneos leva-nos à conclusão de que o sucesso ou o fracasso nas atividades competitivas não encerra possibilidade de ser comensurável pela capacidade inata, senão que um considerável elemento de imprevisível deve invariavelmente ser levado em conta."

Pois muito bem: de lá para cá as coisas pioraram muito. George Orwell, se ainda fosse vivo, poderia imaginar hoje a mesma ideia expressa mais ou menos assim:

> Ao equacionarmos o posicionamento das formulações de uma unidade comunitária, inseridas no contexto de suas propostas de relacionamento social, somos levados, pela conotação irreversível de sua sistemática, a concluir que a operacionalização das atividades individuais, uma vez deflagrada, gera um remanejamento pouco gratificante de suas virtualidades intrínsecas, pois a adequação de suas fantasias à realidade circunstante não corresponde à expectativa inicialmente enfatizada, senão na medida de sua reciclagem em face de fatores não comensuráveis.

Só mesmo repetindo aquela exclamação de Jânio Quadros, depois de uma frase em que me dizia: "a inteligência, Deus nô-la deu..." – e subitamente interrompida, jamais terminada:

– Nô-la deu. Que língua, a nossa!

INSPIRADO NOS pronunciamentos de nossos tecnocratas, recolho ao acaso alguns vocábulos que me possam amparar, se porventura eu for vítima do surto de interpretose que assola o país:

Direcionar – em lugar de orientar, dirigir (a não ser que se trate de automóvel).

Questionamento – ato de discutir, propor questões, disputar.

Segmento – palavra muito em moda atualmente, indispensável em qualquer questionamento. Usa-se em lugar de classe, camada, categoria, nível, porção, seção, fração, etc. Ex.: segmento da sociedade (quase sempre é da sociedade). Usada também para anunciar a próxima notícia nos jornais de televisão. Cuidado para não escrever seguimento, que não tem nada a ver.

Acionar – ação a que se submete o dispositivo.

Dispositivo – algo que deve ser sempre acionado. Nada a ver com dispositivo intrauterino.

Logística – no feminino, como substantivo, significando planejamento. Em geral é coisa de guerra, linguagem de militar trazida para a vida civil. No masculino é adjetivo, serve unicamente para acompanhar a palavra apoio.

Estratos – no sentido de camadas. Sempre no plural e sempre sociais: estratos sociais (no singular, use segmento mesmo). Cuidado para não escrever extratos. Não é perfume.

Abrangente – palavra das mais usadas atualmente e que serve para enfeitar o estilo (um estilo abrangente), bem como a sua irmã emergente. Quer dizer isto mesmo: aquilo que abrange.

Mister – em lugar de necessário. Impressiona muito, sobretudo às crianças. Cuidado para não dizer míster.

Equacionar – dispor os dados de uma questão de forma não propriamente a resolvê-la, mas a impressionar o leitor ou ouvinte.

Módulo – irmã gêmea de parâmetro. Meio fora de moda, hoje em dia restrita a arquitetos.

Otimizar – fazer com que uma coisa se torne boa, muito boa mesmo, ótima, melhor do que antes. Não serve para mulher, comida, essas coisas – só para operacionalizações.

Operacionalização – no sentido de funcionamento. A palavra, aliás, não existe, o que não tem a mínima importância para o verdadeiro tecnocrata.

Parâmetro – em vez de modelo, norma, padrão, princípio. Boa palavra, de encher a boca.

Cooptação – última novidade, deve ser usada com frequência, mesmo sem que se saiba exatamente o que significa. Sabe-se que não significa escolher, optar, embora possa ser usada neste sentido; ninguém perceberá.

Proposta – no lugar de ideia, sugestão. Quando for proposta mesmo, usar a palavra proposição.

Posicionamento – o mesmo que posição, mas muito mais bonito.

Discurso – no sentido de exposição metódica de determinado assunto. Se quiser referir-se a discurso propriamente dito, usar outra expressão, como por exemplo, peça oratória.

Casuística – outra palavra impressionante, também muito em moda ultimamente. Lançada pelos médicos, com o sentido de registro dos casos clínicos e cirúrgicos, deve ser usada sem sentido algum, referindo-se a certos casos de consciência, como fecho do discurso.

E chega! Não preciso mais do que isto para a formulação (me esqueci desta) do meu pensamento tecnocrata. Lá vai ele:

> Para direcionar o questionamento dos problemas que afetam determinado segmento da sociedade, acionando o dispositivo de uma logística que atinja os estratos sociais emergentes, faz-se mister equacioná-los em módulos abrangentes, que otimizem a operacionalização, segundo parâmetros impostos pela cooptação da proposta decorrente do posicionamento assumido pelo discurso de nossa casuística.

16
Escritório

Aluguei um escritório. Minha senhoria é a Venerável Ordem Terceira de São Francisco da Penitência – o que quer dizer que começo bem, sob a égide de um santo de minha particular devoção. Espero que ele me assista nesta grave emergência.

Grave, porque assumi compromisso, com contrato registrado e sacramentado, de cumprir fielmente o regulamento do prédio, na minha nova condição de inquilino. Não posso, por exemplo, ter explosivos no imóvel, objeto da referida locação – o que significa que os terroristas desta praça não devem mais contar comigo. Também não posso utilizar-me do mesmo para reuniões subversivas – estando, pois, assegurado que minhas atividades daqui por diante não ameaçarão mais a ordem vigente nem a segurança do regime. Não posso, outrossim, colocar pregos que danifiquem as paredes. A Venerável me entrega o imóvel em perfeito estado e assim deverá ser devolvido, findo o prazo de locação a que se refere o supradito contrato – automaticamente prorrogável, seja dito a bem da verdade. Serviu de fiador meu venerável amigo Otto, que responde pelo bom cumprimento das condições estipuladas.

Mas escritório de quê? Advocacia? A tanto não ousaria, sendo certo que minha qualidade de bacharel nunca me animou sequer a ir buscar o diploma na Faculdade (onde, confio, esteja ainda bem guardado à minha espera, se dele precisar para qualquer eventualidade: a de ser inesperadamente convocado à vida pública, por exemplo, com uma honrosa nomeação, sacrifício a que seria difícil esquivar-me). Pelo que, não ousaria, a esta altura da minha vida, iniciar-me na profissão a que o dito diploma presumivelmente me habilita. Além do mais, eu não poderia mesmo colocar o prego para dependurá-lo na parede.

Fica sendo então *escritório*, tão somente. Nem mesmo de literatura: apenas um local onde possa acender diariamente o forno (no sentido figurado, apresso-me a tranquilizar o condomínio) desta padaria literária de cujo produto cotidiano, fresco ou requentado, vou vivendo como São Francisco é servido. Levo para o meu novo covil uma mesa, uma cadeira, a máquina de escrever – e me instalo, à espera de meus costumeiros clientes.

Estranhos clientes estes, que entram pela janela, pelas paredes, pelo teto, trazidos pelas vozes de antigamente, vindos numa página de jornal ou num simples ruído familiar: projeção de mim mesmo, ecos de pensamento, fantasmas que se movem apenas na lembrança, figuras feitas de ar e imaginação.

17
A lua quadrada de Londres

Eu vinha voltando para casa, dentro da noite de Londres. Uma noite fria, nevoenta, silenciosa – uma noite de Londres. Noite de inverno que começa às quatro horas da tarde e termina às oito da manhã. Noite de navio perdido em alto-mar, de cemitério, de charneca, de fim de ano, de morro dos ventos uivantes. Noite de vampiros, de lobisomens, de fantasmas, de assassinos, de Jack, o Estripador. Eu vinha vindo e apressava o passo, querendo chegar depressa, antes que aquela noite tão densa me dissolvesse para sempre em suas sombras. De espaço a espaço, a luz amarelo-âmbar dos postes pontilhava a rua com seu pequeno foco, como olhos de pantera a seguir-me os passos na escuridão.

Foi quando a neblina se esgarçou, translúcida, e a lua apareceu.

Uma lua enorme, resplendente, majestosa – e quadrada.

Os meus olhos a fitavam, assombrados, e eu não podia acreditar no que eles viam. Quadrada como uma janelinha aberta no céu. Mas amarela como todas as luas do mundo, flutuando na noite, plena de luz, solitária e bela.

As luas de Londres... Ah, Jayme Ovalle, Manuel Bandeira! A lua de Londres era quadrada!

Pensei estar sonhando e baixei os olhos humildemente, indigno de merecê-la, tendo bebido mais do que imaginava. Entrei em casa bêbado de lua e fui refugiar-me em meu quarto, refeito já do estranho delírio, no ambiente cálido e acolhedor do meu tugúrio, cercado de objetos familiares.

Mas foi só chegar à janela, e lá estava ela, dependurada no céu em desafio: uma lua deslumbrante que a neblina não conseguia ofuscar, cubo de luz suspenso no espaço, de contornos precisos, nítido em seus ângulos retos, a desafiar-me com seu mistério. A lua quadrada de Londres!

Evitei olhá-la outra vez, para não sucumbir ao seu fascínio. Corri as cortinas e fui dormir sob seus eflúvios — enigma imemorial a zombar de todas as astronomias através dos séculos, da mais remota antiguidade aos nossos dias, e oferecendo unicamente a mim a sua verdadeira face. É possível que um sábio egípcio, há cinco mil anos, do alto de uma pirâmide, a tenha vislumbrado uma noite e tentado perquirir o seu segredo. É possível que em Babilônia um cortesão de Nabucodonosor se tenha enamorado perdidamente de uma princesa, na moldura quadrada de seus raios. É possível que na China de Confúcio um mandarim se tenha curvado reverente no jardim, entre papoulas, sob o império de seu brilho retilíneo. É possível que na África, numa clareira das selvas, um feiticeiro da tribo lhe tenha oferecido em holocausto a carcaça sangrenta de um antílope. É possível que nos mares gelados do Norte um *viking* tenha há 12 séculos levantado os olhos sob o elmo de chifres, e contemplado aquela surpreendente forma geométrica, procurando orientar por ela o seu bergantim. É possível que na Idade Média um alquimista tenha aumentado, sob a influência de sua radiância quadrangular, o efeito milagroso de um elixir da longa vida. É possível que, no longo dos anos, mais de uma donzela haja estremecido em sonhos ao receber no corpo a carícia estranhamente angulosa do luar. Mas, nos dias de hoje, somente a mim a lua se oferecia em toda a sua nudez quadrilátera. Dormi sorrindo, ao pensar que os astronautas modernos se preparam para ir à Lua em breve – sem ao menos desconfiar que ela não é redonda, mas quadrada como uma janela aberta no cosmo – verdade celestial que só um noctívago em Londres fora capaz de merecer.

Lembro-me de uma história – história que inventei, mas que nem por isso deixa de ser verdadeira. Era um marinheiro dinamarquês, de um cargueiro atracado no porto do Rio de Janeiro por uma noite apenas. Saíra pela cidade desconhecida, de bar em bar, e vinha voltando solitário e bêbado pela madrugada, quando se deu o milagre: nas sujas águas do canal do Mangue, viu refletida uma claridade difusa – ergueu os olhos e viu que as nuvens se haviam rasgado no céu, e o Cristo surgira para ele, braços abertos, em todo o seu divino esplendor. Fulminado pela visão, caiu de joelhos e chorou de arrependimento pela vida de pecado e impenitência que levara até então. De volta à sua terra, converteu-se, tornou-se místico, acabou num convento. E anos mais tarde, depois de uma vida inteira dedicada a Deus, o monge recebe a visita de um brasileiro. Aquele homem era da cidade em que se dera o milagre da sua conversão.

– O que o senhor viu foi a estátua do Corcovado – explicou o carioca.

Não diz a história se o religioso deixou de sê-lo, por causa da prosaica revelação. Não diz, porque me eximo de acrescentar que, na realidade, depois de viver tanto tempo uma crença construída sobre o equívoco, este equívoco passava a ser mesmo um milagre, como tudo mais nesta vida.

O milagre da lua quadrada de Londres não me foi desfeito por nenhum londrino descrente do surrealismo astronômico nos céus britânicos. Bastou olhar de manhã pela janela e pude ver, recortado contra o céu, o gigantesco guindaste no cume de uma construção, e numa das pontas da armação de aço atravessada no ar, junto ao contrapeso, o quadrado de vidro que à noite se acende. A minha lua quadrada de Londres.

Quadrado que talvez simbolize todo um sistema de vida, mais do que anuncia a pequena palavra *Laing* nele escrita, marca de fabricação do guindaste. De qualquer maneira, os ingleses ganharam, pelo menos na minha imaginação, o emblema do seu modo de ser, impresso nessa visão de uma noite, que foi a lua quadrada de Londres.

18
Obrigado, doutor

Quando lhe disse que um vago conhecido nosso tinha morrido, vítima de um tumor no cérebro, levou as mãos à cabeça:

– Minha Santa Efigênia!

Espantei-me que o atingisse a morte de alguém tão distante de nossa convivência, mas logo ele fez sentir a causa da sua perturbação:

– É o que eu tenho, não há dúvida nenhuma: esta dor de cabeça que não passa! Estou para morrer.

Conheço-o desde menino, e sempre esteve para morrer. Não há doença que passe perto dele e não se detenha, para convencê-lo em iniludíveis sintomas de que está com os dias contados. Empresta dimensões de síndromes terríveis à mais ligeira manifestação de azia ou acidez estomacal:

– Até parece que andei comendo fogo. Estou com pirofagia crônica. Esta cólica é que é o diabo, se eu fosse mulher ainda estava explicado. Histeria gástrica. Úlcera péptica, no duro.

Certa ocasião, durante um mês seguido, tomou injeções diárias de penicilina, por sua conta e risco. A chamada dose cavalar.

– Não adiantou nada – queixa-se ele: – Para mim o médico que me operou esqueceu alguma coisa dentro da minha barriga.

Foi operado de apendicite quando ainda criança e até hoje se vangloria:

— Menino, você precisava ver o meu apêndice: parecia uma salsicha alemã.

No que dependesse dele, já teria passado por todas as operações jamais registradas nos anais da cirurgia: "Só mesmo entrando na faca para ver o que há comigo." Os médicos lhe asseguram que não há nada, ele sai maldizendo a medicina: "Não descobrem o que eu tenho, são uns charlatas, quem entende de mim sou eu." O radiologista, seu amigo particular, já lhe proibiu a entrada no consultório: tirou-lhe radiografia até dos dedos do pé. E ele sempre se apalpando e fazendo caretas: "Meu fígado hoje está que nem uma esponja, encharcada de bílis. Minha vesícula está dura como um lápis, põe só a mão aqui."

— É lápis mesmo, aí no seu bolso.
— Do lado de cá, sua besta. Não adianta, ninguém me leva a sério.

VIVE LENDO BULAS de remédio: "Este é dos bons" – e seus olhos se iluminam: "justamente o que eu preciso. Dá licença de tomar um, para experimentar?" Quando visita alguém e lhe oferecem alguma coisa para tomar, aceita logo um comprimido. Passa todas as noites pela farmácia: "Alguma novidade da Squibb?"

Acabou num psicanalista: "Doutor, para ser sincero eu nem sei por onde começar – dizem que eu estou doido? O que eu estou é podre." Desistiu logo: "Minha alma não tem segredos para ninguém arrancar. Estou com vontade é de arrancar todos os dentes."

E cada vez mais forte, corado, gordo e saudável. "Saudável, eu?" – reage, como a um insulto: "Minha Santa Efigênia! Passei a noite que só você vendo: foi aquele bife que comi ontem, não posso comer gordura nenhuma, tem de ser tudo na água e sal." No restaurante, é o espantalho dos garçons: "Me traga um filé aberto e batido, bem passado na chapa em três gotas de azeite português, lave bem a faca que não posso nem sentir o cheiro de alho, e duas batatinhas cozidas até começarem a desmanchar, só com uma pitadinha de sal, modesta porém sincera."

DE VEZ EM QUANDO um amigo procura agradá-lo: "Você está pálido, o que é que há?" Ele sorri, satisfeito: "Menino, chega aqui que eu vou lhe contar, você é o único que me compreende." E começa a enumerar suas mazelas – doenças de toda espécie, da mais requintada patogenia, que conhece na ponta da língua. Da última vez enumerou 103. E por falar em língua, vive a mostrá-la como um troféu: "Olha como está grossa, saburrosa. Estou com uma caverna no pulmão, não tem dúvida: essa tosse, essa excitação toda, uma febre capaz de arrebentar o termômetro. Meu pulmão deve estar esburacado como um queijo suíço. Tuberculoso em último grau." E cospe de lado: "Se um mosquito pousar nesse cuspe, morre envenenado."

Ultimamente os amigos deram para conspirar, sentenciosos: o que ele precisa é casar. Arranjar uma mulherzinha dedicada, que cuide dele. "Casar, eu?" – e se abre numa gargalhada: "Vocês querem acabar de liquidar comigo?" Mas sua aversão ao casamento não pode ser tão forte assim, pois consta que de uns dias para cá está de namoro sério com uma jovem, recém-diplomada na Escola de Enfermagem Ana Néri.

19
Sandy, o artesão

São mais de duas horas de Nova York até lá. O itinerário é complicado: meia dúzia de estradas, decrescentes em importância, duas pontes e muita cidadezinha de permeio.

Estamos agora em Rhode Island, de onde vem as famosas galinhas Rhodes. Em pouco teremos de galgar a colina, tomando a primeira estrada à esquerda. Avistamos finalmente uma grande casa de madeira e atrás o estúdio, maior ainda. Aqui, onde o asfalto não ousa chegar, é a morada de Sandy, o artesão.

Sandy, o urso manso que vive entre montanhas, se chama na vida civil Alexander Calder, é escultor, e sua obra é das mais importantes da arte americana. Dizem que ele vive aqui inteiramente por acaso, e que só mesmo a guerra o arrancaria do convívio de Matisse, Chagall ou Picasso em Paris. Não acredito: imagine que na França ele acabaria indo viver num lugarejo qualquer, com viagens a Paris de mês a mês. Custo a imaginá-lo de colarinho e gravata, dirigindo *boutades* aos literatos e galanteios às senhoras dos literatos. Calder não usa gravata senão raramente, quando uma exposição no Museu de Arte Moderna o apanha pelo pescoço. Suas mãos são fortes e grossas, e embora executem às vezes delicados trabalhos de joalheiro, vê-se bem que tanto pintaram os quadros que ele nos mostra como as paredes da casa. O que não impede, porém, que no seu estúdio um piano empoeirado, no meio da mais patética confusão de ferros, telas, ferramentas e pedaços de arame, seja para ele a fonte de inspiração da música que sua escultura procura exprimir.

Para os amigos, Calder é mesmo Sandy, nome que sugerem os seus cabelos cor de areia e sua alma de menino. Visitá-lo sem trazer as crianças teria sido um contra-senso.

LÁ ESTÁ ELE, ao lado da casa, acenando alegremente para nós. Não somos os primeiros brasileiros a pisar estas plagas. Com muito mais propriedade poderá talvez Mário Pedrosa, no Brasil, fazer uma descrição completa do jardim, da casa entre macieiras, da garagem com um carro de modelo tão antigo que mais parece um galinheiro e onde aliás as galinhas possivelmente dormem durante a noite.

A despeito da ferocidade afinal desapontada do seu cachorro, preso numa coleira que ele mesmo fez, somos levados diretamente e sem cerimônia para a cozinha, onde a mulher e as duas filhas preparam a refeição. Em tudo nesta cozinha andou a mão de Calder, menos na parte propriamente culinária em que, segundo se vê, ele não ousa se intrometer. Mas a mesa foi ele quem fez, o cabo das colheres foi ele quem moldou e até mesmo na bateria de panelas, nove em dez são obra sua.

Calder é nas horas vagas marceneiro, ferreiro, tanoeiro, ourives, e nas mais vagas ainda, jardineiro. Ao longo das amplas janelas da cozinha se alinham vasos de plantas floridas, que nos cumprimentam alegremente, agitadas pelo vento.

Colecionador: a um canto, ainda na cozinha, se ajuntam os mais estranhos objetos de escultura popular de todas as partes do mundo. A cabrinha de barro, mexicana, juraríamos ter vindo do Recife.

Ao pé da lareira, onde a madeira vai-se queimando lentamente num cheiro bom de resina, um gato se espreguiça mornamente. Na parede o enorme peixe de arame, com cacos de garrafa e tampas de cerveja a título de escamas, emite reflexos de sol, completando entre flores e panelas a alegria da cozinha.

A que distância estamos da moderna *kitchenette* americana, que se oculta como um armário num canto de parede! A dinâmica, padronizada, mecanizada e enlatada vida em conserva dos americanos é responsável por essa monstruosa atrofia em todo o mundo da mais nobre das instituições domésticas. Aqui nesta ampla cozinha, entretanto, parte mais importante da casa, onde a família se reúne, nem uma só lata de conserva entrou que não fosse para, vazia, ser aproveitada pelo dono na confecção de uma caçarola. Os longos bancos de madeira tosca e o chão de tijolo estão dizendo que acabamos de penetrar em plena Idade Média. Sobre a mesa, ao lado de uma de suas esculturas móveis que o vento balança suavemente, se enfileiram os potes de doce em calda, feitos pela sua mulher: sobremesa para mais de um mês. Anda no ar um cheiro de pão fresco, a anunciar que do grande fogão a lenha, mais uma fornada se vai retirar.

MAS FORÇOSO é que passemos à sala, ao menos para ver. Aqui também há uma lareira e o mesmo cheiro de resina. De uma lata de banha, Calder fez um abajur. Cada cinzeiro representa meia hora de trabalho seu. Duas cadeiras baixas parecem feitas de tábuas de barril. Banquinhos de pele, como tambores africanos, uma mesinha de metal de linhas sóbrias – de tudo isso Calder só não fez ele próprio a vitrola, os livros, a pele de boi malhada sobre o sofá e o quadro de Miró na parede da frente. Mas fez o porta-discos, a estante, ilustrou aquele Coleridge, e quem dirá que os desenhos nesta escrivaninha não foi ele quem talhou? Sobre a cadeira, no cesto de vime trançado por ele, descansam entre novelos as coloridas meias de lã por terminar, com que toda a família enfrentará o inverno, enquanto aquela que estava tricotando parou um pouco para cuidar do almoço.

Por falar nisso, chegada é a hora de almoçar.

O almoço é servido ao ar livre, numa pérgula selvagem escavada no monte, a que as urzes brotando das pedras dão vagamente um ar mexicano. Aqui, a lareira parece servir também para fazer churrasco e é encimada por uma caveira de boi. A comida, excelente tempero, é servida em pratos de barro. A água vem de uma cisterna a poucos passos, e se duvidar muito acabo descobrindo que o vinho, plebeu mas delicioso, servido num imenso jarro, também foi feito aqui.

Há uma engenhoca de madeira e arame para prender guardanapos, com que o menino Sandy, furtando o tempo do escultor Calder, muito deve ter se divertido. As invenções são relativamente poucas. A da porta da cozinha, com barbantes, roldanas e pedaços de pau, só fui entender depois do almoço, quando tive de utilizá-la: quem ali pisasse, do lado de fora, carregando os pratos, abriria a porta automaticamente.

Depois de muita maçã, pêssego e uvas, colhidos pouco antes, a vinte metros, vamos finalmente visitar o estúdio. A situação do estúdio, com suas paredes de vidro, encravado ao pé do morro que ladeia a casa, nos proporciona a sensação de nos aproximarmos caminhando na altura do telhado. Do outro lado ele se abre para a colina.

IMPOSSÍVEL FALAR no que existe dentro deste estúdio, em cores, formas, movimento, vibração e equilíbrio. A luz o invade por todos os lados, denunciando a poeira do ar, numa festa de claridade. Quem nunca viu um móbile de

Calder jamais poderia imaginar sequer o que são centenas de móbiles de todos os tamanhos e formatos, oscilantes do teto, irrompendo de cada canto como cactos arrepiados, se acomodando ao vidro das paredes com a transparência que sugerem, recompondo bizarras harmonias ao redor do velho piano, graduando ritmos de vento no metal de seus alegres retinidos, acordando na matéria a poesia das coisas, que preside o momento em suspense com o equilíbrio de sua beleza estática, emoliente, humanizada. Assim é a escultura de Calder para mim. Um mundo que se destaca do nosso pobre e obscuro mundo de ambições, que mergulha fundo na esquecida pureza dos brinquedos de infância. Um mundo que faz minha filha de 2 anos perguntar, extasiada, à vista do estúdio, se estamos na casa de Papai Noel.

E Papai Noel, com sua camisa grossa, rosto crestado de sol, abre todas as janelas, deixa o vento entrar largamente e se divertir com seus brinquedos. Brinquedo sério em que o homem sem saber se indaga perplexo, desdobrando-se em novas formas de criação, tentando um retorno a Deus. Vida que a cidade não corrompe, obra que o convívio ganancioso dos homens não chega a contaminar. Parado junto à porta, ele parece estar feliz, espiando a alegria desatinada das crianças que tudo querem pegar, mexer, levar consigo, ou o nosso prazer estético de adultos. Mas em verdade está alheio a tudo e só procura captar no movimento de suas composições e nas cores de seus quadros a surpreendente mensagem do mundo que ele próprio inventou.

20
Frases célebres

Cada um citava a sua até esgotar o repertório, ver quem ficava por último. Participavam da brincadeira o banqueiro, o colunista social e a vedete. Coube ao banqueiro começar:
– Cheguei, vi e venci – despejou ele.
– Venceu como? – protestou o colunista. – O jogo nem começou!
– Pois é isso mesmo – tornou o banqueiro: – Estou citando.
– Citando o quê?
– Uma frase de César.
– Ah, eu não tinha ouvido bem.
– Assim não vale – exclamou a vedete: – Tem de dizer tudo: a frase e o nome todo do autor. Isso é de que César? Ladeira ou de Alencar?

O banqueiro fez um gesto de enfado:
– Vocês também não sabem nada de história, como é que pode? É do César mesmo, o imperador romano.
– Teve mais de um – disse o colunista, vindo em socorro da vedete: – Tem de dizer qual.
– Aquele dos raminhos na cabeça: o da Cleópatra.
– Júlio.
– Isso mesmo: Júlio César.

O colunista deu uma gargalhada, como se tivesse apanhado o banqueiro numa armadilha:

— Ora, vai me enganar! Quando é que Júlio César disse isso? Para começo de conversa, ele não falava português.

— Estou traduzindo, seu imbecil, ele falou foi em latim: veni veni veni, qualquer coisa assim.

— Veni veni veni não pode ser: então o que ele disse foi: cheguei cheguei cheguei? A vedete protestou:

— Assim não dá certo. Vamos continuar senão nunca chega a minha vez. Já tenho a minha aqui na ponta da língua. Anda, fala a sua aí, bem.

O colunista limpou a garganta e falou solenemente:

— Ou o Brasil acaba com a saúva ou a saúva acaba com o Brasil.

— Quem é que falou isso?

O outro embatucou:

— Alguém falou.

— Não vale! – saltou a vedete: – Perdeu. Agora é a minha vez.

Ergueu o dedo no ar e declamou:

— Como é para o bem de todos e felicidade geral da nação, diga ao povo que eu fico! Tiradentes.

O colunista estourou numa gargalhada:

— Tiradentes! Essa não, minha filha: Pedro Primeiro!

— Segundo – corrigiu o banqueiro.

— Ou Segundo, não interessa: o fato é que Tiradentes jamais disse isso.

— Então continuemos: é a minha vez – e o banqueiro fez uma cara muito sabida, ergueu as sobrancelhas todo risonho: – Independência ou Morte! Pedro Primeiro mesmo.

— Não vale – atalhou a vedete.

— Não vale por quê? Você só sabe falar "não vale"! Tenho certeza de que foi ele.

— Pode ter sido, mas não é frase. Três palavras só!

— E você nunca viu frase de três palavras?

— Acho que ela tem razão – voltou o colunista: – Falta o verbo. Para ser frase tem de ter verbo, como é que se chama mesmo? Predicado. Tem de ter predicado.

Seu rosto se iluminou:

— É isso, meu velho! Onde já se viu frase sem predicado? Esta aí só tem sujeito.

— "Ou" é sujeito? – perguntou o banqueiro, aborrecido.

— O quê?

— Estou perguntando se "ou" é sujeito.

— Sei lá. Predicado é que não é.

— Pois então? – e o banqueiro ergueu os braços, desalentado.

— Vou dizer uma – o colunista fez uma pausa, marcando as palavras com o dedo no ar: – Deixai vir a mim as criancinhas. Vai dizer que essa não vale.

— Getúlio Vargas?

— Não: Jesus Cristo.

— Pois não vale mesmo – decidiu a vedete: – Dele tudo é célebre, a Bíblia inteirinha.

— Está bem, eu falo outra: Quem for brasileiro siga-me! Marechal Floriano Peixoto.

— Você tem certeza? – e o banqueiro o olhou, desconfiado: – Para mim quem falou isso foi um almirante qualquer aí, o Almirante Itararé, se não me engano.

— Foi Floriano mesmo: quando proclamou a República.

— Assim não brinco mais – interrompeu a vedete, amuada: – Vocês dois ficam só discutindo! Agora é a minha vez.

Pensou um instante, repetiu baixinho a frase para não errar e desfechou-a, triunfante:

— O Brasil espera que cada um cumpra o seu dever! Getúlio Vargas.

Os outros dois a olharam, admirados:

— É isso mesmo... Como é que não me ocorreu essa?

— Do Getúlio eu sei uma porção — acrescentou ela, triunfante.

Era a vez do banqueiro. Ele ficou pensando intensamente.

— Não me lembro mais de nenhuma, não — confessou, afinal.

— Se valesse frase minha mesmo, vocês iam ver só — secundou o colunista.

— Então eu ganhei — concluiu a vedete. — E ainda digo mais uma, de lambujem: e de Rui Barbosa, pra variar.

Antes que ela dissesse, porém, os três de súbito ficaram em silêncio, como surpreendidos por um acontecimento qualquer. Era Rui Barbosa, que acabava de dar duas voltas dentro do túmulo.

21
Menino

Menino, vem pra dentro, olha o sereno! Vai lavar essa mão. Já escovou os dentes? Toma a bênção a seu pai. Já pra cama!

Onde é que aprendeu isso, menino?, coisa mais feia. Toma modos. Hoje você fica sem sobremesa. Onde é que você estava? Agora chega, menino, tenha santa paciência.

De quem você gosta mais, do papai ou da mamãe? Isso, assim que eu gosto: menino educado, obediente. Está vendo? É só a gente falar. Desce daí, menino! Me prega cada susto... Para com isso! Joga isso fora. Uma boa surra dava jeito nisso. Que é que você andou arranjando? Quem te ensinou esses modos? Passe pra dentro. Isso não é gente para ficar andando com você.

Avise seu pai que o jantar está na mesa. Você prometeu, tem de cumprir. Que é que você vai ser quando crescer? Não, chega: você já repetiu duas vezes. Por que você está quieto aí? Alguma você está tramando... Não anda descalço, já disse!, vai calçar o sapato. Já tomou o remédio? Tem de comer tudo· você acaba virando um palito. Quantas vezes já te disse para não mexer aqui? Esse barulho, menino!, seu pai está dormindo. Para com essa correria dentro de casa, vai brincar lá fora. Você vai acabar caindo daí. Pede licença a seu pai primeiro. Isso é maneira de responder à sua irmã? Se não fizer, fica de castigo. Segura o garfo direito. Põe a camisa pra dentro da calça. Fica perguntando, tudo você quer saber! Isso é conversa de gente grande. Depois eu te dou. Depois eu deixo. Depois eu te levo. Depois eu conto. Depois.

Agora deixa seu pai descansar – ele está cansado, trabalhou o dia todo. Você precisa ser muito bonzinho com ele, meu filho. Ele gosta tanto de você. Tudo que ele faz é para o seu bem. Olha aí, vestiu essa roupa agorinha mesmo, já está toda suja. Fez seus deveres? Você vai chegar atrasado. Chora não, filhinho, mamãe está aqui com você. Nosso Senhor não vai deixar doer mais.

Quando você for grande, você também vai poder. Já disse que não, e não, e não! Ah, é assim?, pois você vai ver só quando seu pai chegar. Não fale de boca cheia. Junta a comida no meio do prato. Por causa disso é preciso gritar? Seja homem. Você ainda é muito pequeno para saber essas coisas. Mamãe tem muito orgulho de você. Cale essa boca! Você precisa cortar esse cabelo.

Sorvete não pode, você está resfriado. Não sei como você tem coragem de fazer assim com sua mãe. Se você comer agora, depois não janta. Assim você se machuca. Deixa de fita. Um menino desse tamanho, que é que os outros hão de dizer? Você queria que fizessem o mesmo com você? Continua assim que eu te dou umas palmadas. Pensa que a gente tem dinheiro para jogar fora? Toma juízo, menino.

Ganhou agora mesmo e já acabou de quebrar. Que é que você vai querer no dia de seus anos? Agora não, que eu tenho o que fazer. Não fica triste não, depois mamãe te dá outro. Você teve saudades de mim? Vou contar só mais uma, que está na hora de dormir. Agora dorme, filhinho. Dá um beijo aqui – Papai do Céu te abençoe. Este menino, meu Deus.

22
O buraco negro

Ando um pouco distraído, ultimamente, reconheço. Alguns amigos mais velhos sorriem, complacentes, e dizem que é isso mesmo, costuma acontecer com a idade, não é distração: é memória fraca mesmo, insuficiência de fosfato.

O diabo é que me lembro cada vez mais de coisas que deveria esquecer: dados inúteis, nomes sem significado, frases idiotas, circunstâncias ridículas, detalhes sem importância. Em compensação, troco o nome das pessoas, confundo fisionomias, ignoro conhecidos, cumprimento desafetos. Nunca sei onde largo objetos de uso e cada saída minha de casa representa meia hora de atraso em aflitiva procura: quedê minhas chaves? Meus cigarros? Meu isqueiro? Minha caneta?

Já me disseram que sou bom de chegada e ruim de saída. A culpa não é minha: segundo minha filha Eliana, é do Caboclo Ficador.

Hoje ela veio me visitar e a influência desse caboclo na minha vida ficou mais do que evidente. Saímos juntos, e na hora de transpor a porta de entrada, parecia que uma força misteriosa me prendia em casa, tantas vezes tive de voltar para buscar alguma coisa que havia esquecido. O Caboclo Ficador me fez esquecer a chave do carro, voltei para apanhá-la; já estava dentro do carro quando dei por falta da carteira de dinheiro, fui buscá-la; de novo no carro, vi que deixara outra vez a chave em casa. Foi preciso,

como sempre, uns bons quinze minutos de concentração
e revista geral dos bolsos, para ver se não havia esquecido mais
nada. E finalmente o Caboclo Ficador me deixava partir.

Minha filha afirma que o jeito é me submeter humildemente às ordens dele.

DESCOBRI QUE SOU vítima de outra entidade do mundo
oculto: o Caboclo Escondedor.

É ele que faz com que eu não saiba onde meti os óculos,
e saia revirando a casa, para descobri-los no alto da cabeça,
quando, já tendo desistido, me olho ao espelho do banheiro para pentear os cabelos. Em compensação, não encontro
o pente. É ele quem esconde a caneta entre as páginas de
um livro, atira o talão de cheques na cesta de papéis, enfia
a penca de chaves entre as almofadas do sofá.

Um dia, desesperado à procura de um papel, retiro todas as gavetinhas da secretária, e surpreendo um dos esconderijos do Caboclo Escondedor, verdadeiro ninho de
pequenos objetos desaparecidos: meto a mão lá dentro e
recolho não só o papel que procurava, mas outros sumidos há muito, recortes de jornal, envelopes amassados, cartões de visita, clipes enferrujados, retratos amarelados, e
até uma carteira de sócio do sindicato dos jornalistas.

HÁ UM CÓDIGO de ética com relação aos desígnios do Caboclo Escondedor: respeite a sua vontade, não insista além do
razoável na procura do objeto escondido, e, assim mesmo,
só para contentá-lo. Convém não desapontá-lo, abrindo mão
dessa procura. Não é preciso procurar freneticamente, como
já fiz tantas vezes, abrindo e fechando gavetas, revirando a
casa feito doido, para acabar plantado no meio da sala apalpando os bolsos vazios como um tarado. Basta uma olhadela
nos lugares onde o objeto usualmente estaria, solte um

suspiro resignado e lance mão de outro – munido que deve estar de um substituto: a réplica das chaves, duplicata dos documentos, dos óculos, da caneta, da tesoura, do relógio. No tempo em que eu fumava, deixava maços de cigarro e isqueiros espalhados pela casa inteira.

TÃO LOGO suspendemos a busca, tendo resolvido nosso problema com um substituto, o objeto escondido geralmente aparece: bota a cabecinha de fora e, do lugar onde o Caboclo Escondedor o colocou, fica a nos olhar para lhe contar depois como é que nos arranjamos sem ele.

Mas se desaparece também o substituto, cuidado! O Caboclo Escondedor não tem mais culpa, pois é sabido que ele só esconde um objeto de cada vez: rendeu-se, ele próprio, a outra entidade mais terrível – o Buraco Negro, por onde desaparecem, no infinito do esquecimento e do nada, os objetos definitivamente perdidos.

Neste Buraco Negro é que foram parar aqueles brinquedos de infância nunca mais reencontrados; aquele livro sumido para sempre da nossa estante; aquelas cartas que se perderam no porão do olvido, entre trastes inúteis e papéis velhos; especialmente aquele retrato de antigamente, um momento vivido que se apagou para sempre na nossa lembrança.

Contra o Buraco Negro, por onde nós mesmos um dia seremos sugados, simplesmente não há solução.

23
A última flor do Lácio

Estou numa sala de aula do Ginásio Mineiro, em Belo Horizonte. Acabamos de entrar na classe em fila, como soldados. O modelo de nosso uniforme, aliás, de cor cáqui, calça comprida e dólmã, é de nítida inspiração militar.

Eis que chega o professor. Todos nos erguemos num movimento único e só tornamos a nos sentar quando ele assim o ordena com um gesto de mão, já aboletado à sua mesa, sobre um estrado. É um velho magro, crânio pelado, olhos suaves por detrás dos óculos grossos, terno escuro meio surrado, voz indiferente e monótona. Ele agora está fazendo a chamada e cada um se levanta dizendo *presente*. Todos têm um número, o meu é o 11.

Mas ele se dirige a nós pelo sobrenome e nos chama de senhor: Senhor Sabino, sente-se direito; Senhor Pellegrino, tenha modos. Este, sempre irrequieto na carteira à minha frente, volta-se para me dizer um gracejo, e corremos ambos o mesmo risco de sermos convidados a sair da sala, como frequentemente acontece, antes que comece a aula.

É uma aula de Português. Sujeito, predicado e complemento. Concordância, regência. Figuras de retórica. Idiotismos linguísticos. Já aprendemos o que é anacoluto – não é um palavrão. Aprendemos outras coisas também – algumas que cheiram a dentista, como *próclise, mesóclise*. Só que dentro em pouco esqueceremos tudo.

As funções do quê, por exemplo, que é a matéria da aula de hoje. De que me adiantará na vida saber que o *quê* pode ser tudo na oração, menos verbo? "Pode ser até substantivo: como nesta frase que acabei de dizer" – acrescenta o professor. O quê? Ouço uma mosca zumbindo no ar. Vejo o senhor Pellegrino à minha frente a olhar distraído pela janela um pardal pousado na grade que circunda o ginásio. E o professor falando com voz arrastada, de vez em quando se arrastando ele próprio até o quadro-negro para escrever qualquer coisa. E o ruído do giz na lousa me arrepiando a pele. Os olhos me pesam de sono, deixo pender a cabeça. O aluno número 11 está dormindo.

Acordo de súbito com uma tremenda gritaria. Olho ao redor e me vejo cercado de alunos também de 12 a 13 anos, mas com uniformes esportivos, camisas leves, calças curtas – e saias, porque há meninos e meninas misturados. Alegres e veementes, estão todos respondendo ao mesmo tempo a uma pergunta do professor. A sala de aula é outra, outros são os alunos e – verifico estupefato – o professor na verdade é uma professora: uma jovem alta, de calças compridas e blusa fina, de pé, apoiada na mesa, um livro aberto na mão. Tem cabelos escuros, olhos claros, e é de despertar a admiração, para dizer o menos, do aluno número 11 do Ginásio Mineiro.

Mas já não estou no Ginásio Mineiro e sim num colégio do Leblon, aos 50 anos de idade.

É TAMBÉM uma aula de Português. O plá, como dizem os alunos, vem a ser *comunicação:* "Comunicação em Língua Portuguesa para a 7ª série do Primeiro Grau", diz a capa do livro. Equivale ao nosso 2º ano de ginásio, é o que me informam.

E aqui termina meu entendimento: que diabo vem a ser isto? História em quadrinhos? Revista infantil? Passo os olhos pelo livro ricamente ilustrado em cores. Não é preciso muito esforço para perceber que se trata nada mais nada menos que de uma revolução. Parece que enfim estão tentando tirar a camisa de força que tolhia o ensino do Português no Brasil.

A última flor do Lácio inculta e bela estava simplesmente murchando. O que se ensinava nos colégios em matéria de Português era apenas para nos fazer desprezar para sempre a nossa língua. Ninguém aguentava ler Garrett, Herculano, Camilo – para não falar em Vieira, Frei Luís de Souza ou mesmo Gil Vicente – depois das implacáveis análises lógicas a que eram submetidos. Dos portugueses, só o Eça escapou, e assim mesmo porque escritor realista não tinha vez: impróprio para menores. E quanto aos brasileiros, ficamos sabendo por Euclides da Cunha que o sertanejo era antes de tudo um forte; *Os sertões* era antes de tudo um chato, principalmente a primeira parte. De Machado de Assis, foi-nos dado ler "Soneto à Carolina", o poema "A mosca azul" e "A pêndula" – só que sem a primeira frase do célebre capítulo: "Saí dali a saborear o beijo." Quando poderiam muito bem nos ter iniciado nos segredos da prosa do grande lascivo e sua voluptuosidade do nada, com o capítulo anterior do mesmo *Brás Cubas,* sobre o próprio beijo. Ou o de *Dom Casmurro:* Capitu abrochando os lábios...

Isso, quanto à prosa. E que dizer da poesia? Nunca conseguimos passar das armas e dos barões assinalados: *Os Lusíadas* se tornou para nós um pesadelo, porque ninguém sabia onde diabo se escondia o sujeito da oração naqueles versos retorcidos. É verdade que nos impingiam, de mistura com versinhos piegas de poetas medíocres, alguma coisa melhor de Bilac, Castro Alves, Raimundo Correia, Cruz e

Souza. Mas não sabíamos distinguir o que era bom do que era ruim. O bisturi da análise sintática ia arrebentando versos, violentando palavras, assassinando a poesia dentro de nós.

E o velho professor sentado à minha frente, com ar de desgosto, a dizer que poesia modernista é um negócio de pedra no meio do caminho e outras bobagens. Pois vejam só se isso lá é poesia: café-com-pão, café-com-pão, café-com-pão... Seu sorriso irônico se funde ante meus olhos ao da jovem professora do Leblon, lendo para os alunos encantados o mesmíssimo poema de Manuel Bandeira, que o livro apresenta sob a sugestiva rubrica: "vamos sentir a poesia das palavras."

Mudam-se os tempos, mudam-se as vontades – como dizia o dos barões assinalados: com uma professora como esta, no nosso tempo todos nós seríamos poetas.

AGORA ESTOU com 18 anos e sou eu o professor. No Instituto Padre Machado, em Belo Horizonte, 3º ano ginasial: mais-que-perfeito do indicativo, pretérito imperfeito do subjuntivo, verbos defectivos. E eu tentando meter tudo isso na cabeça dos meninos. Devo dar aula sentado, não posso fumar – a disciplina é rígida; mas como fazer com que aprendam uma coisa chamada preposição subordinada conjuncional ou o que venha a ser verbo incoativo?

Meu amigo Otto, filho do diretor, ensina neste mesmo colégio. É excelente professor, tem experiência de ensino, embora ainda não haja feito 20 anos. Um dia, a propósito do sentido de certas palavras, começou a falar aos alunos sobre Carlos Drummond de Andrade, foi deste a outros conhecidos seus, contou vários casos pessoais. Na lição seguinte os alunos pediram que continuasse, e assim suas aulas passaram a ser um curso sobre a própria vida, tendo sempre em vista o uso das palavras e a eficiência da linguagem.

Era um precursor do que estou vendo hoje, fascinado, nesta aula a que vim assistir por curiosidade: uma professora cercada de alunos também fascinados, porque ela lhes ensina que as palavras têm vida e os inicia na arte da convivência através da comunicação.

Pois o velho professor do Ginásio Mineiro parece desconsolado, porque o aluno número 11 acaba de dizer que o *se* de uma oração é um pronome, quando está na cara que se trata de uma partícula apassivadora.

De minha parte, também sinto desconsolo, pois estou diante do quadro-negro escrevendo para os meus alunos uma lista de verbos irregulares, e, quando me volto, dou com um deles dormindo. Em vez de acordá-lo como faziam comigo, prefiro sair de mansinho, dizendo adeus para sempre aos demais alunos e ao ensino de Português.

E continuo na sala de aula: agora os meninos me envolvem de perguntas, sob a risonha e franca aprovação da professora, a quem chamam familiarmente de "tia" e "você". Sinto uma ponta de melancolia, finda a aula, ao vê-los partir em alegre algazarra: gostaria de ser um deles. É com este sentimento que me despeço de sua linda mestra, e somos três: eu, o professor de 18 anos e o aluno número 11.

24
A minha salamandra

Certa vez, escrevendo uma novela, precisei saber se uma salamandra tinha quatro ou seis pernas. Já não me lembro em que episódio novelesco pretendia envolver as pernas da minha salamandra, mas a verdade é que precisava saber – e não fiquei sabendo.

Que sei eu a respeito de minhas próprias pernas?, pensava então, deixando que elas me levassem para outros caminhos, fora da ficção.

Um ficcionista às vezes precisa saber coisas muito esquisitas. A experiência própria nem sempre ajuda. Passei, por exemplo, a minha infância nos galhos de uma mangueira, chupando manga o dia todo, e não soube responder a um amigo meu, excelente romancista, quanto tempo levava para germinar um caroço de manga. Contou-me ele, na época, que andou precisando saber este pormenor, em razão de uma história que estava escrevendo. Depois de perguntar a um e outro, e não obtendo senão respostas vagas, telefonou para a repartição do Ministério da Agricultura que lhe pareceu mais apta a fornecer-lhe a informação. O funcionário que o atendeu ficou simplesmente perplexo:

– Caroço de manga? Que brincadeira é essa?

Como insistisse, informaram-lhe que, realmente, havia quem talvez soubesse – um especialista no assunto, lotado num departamento ao qual estava afeto o setor de fruticultura. Discou para lá – mas só conseguiu colher vagos palpites:

– Um caroço de manga? Bem, deve levar um ou dois meses, o senhor não acha?

– Não acho nada: preciso saber com exatidão.

– Por quê?

– Bem, porque...

Outros telefonemas, que somente despertavam reminiscências infantis:

– Na minha casa tinha uma mangueira. A manga-espada, por exemplo, se bem me lembro...

– Boa é a manga carlota, aquela pequenina, sem fibra nenhuma... Lá no Norte chamam de itamaracá.

– O caroço? Bem, o caroço, para lhe dizer com franqueza...

Resolveu telefonar para o gabinete do ministro:

– Queria uma informaçãozinha de Vossa Excelência.

O Ministro não sabia. Que futuro tem um país de economia essencialmente agrícola se ninguém, nem o próprio Ministro da Agricultura, sabe informar quanto tempo leva para germinar um caroço de manga?

Volto à minha salamandra. Vejo-a esquiva e silenciosa a deslizar por entre as pedras, quantas pernas? Que futuro tenho eu como escritor, se não sei dizer com quantas pernas se faz uma salamandra? O mundo anda cheio de pernas, e o coração do poeta já perguntou para que tanta perna, meu Deus. As da salamandra – quatro, ou seis – nada acrescentam ao meu mundo interior, sendo a ligeira desconfiança de que acabo tendo quatro. No entanto, as de uma jovem galgando comigo as pedras do Arpoador, por exemplo, apenas duas, podem sustentar o universo – vertiginoso universo onde as sensações germinam bem mais depressa que um caroço de manga. Onde se acendem estrelas inexistentes e os astros desandam nas suas órbitas. Onde se abrem abismos de uma profundeza que nem a imaginação do romancista ousa devassar. Onde vicejam plantas bem mais exóticas que uma mangueira de quintal, em cujas sombras se arrastam seres vorazes e bem mais misteriosos que a salamandra, salamandras...

25
A falta que ela me faz

Como bom patrão, resolvi, num momento de insensatez, dar um mês de férias à empregada. No princípio achei até bom ficar completamente sozinho dentro de casa o dia inteiro. Podia andar para lá e para cá sem encontrar ninguém varrendo o chão ou espanando os móveis, sair do banheiro apenas de chinelos, trocar de roupa com a porta aberta, falar sozinho sem passar por maluco.

Na cozinha, enquanto houvesse xícara limpa e não faltassem os ingredientes necessários, preparava eu mesmo o meu café. Aprendi a apanhar o pão que o padeiro deixava na área – tendo o cuidado de me vestir antes, não fosse a porta se fechar comigo do lado de fora, como na história do homem nu. Esticar a roupa da cama não era tarefa assim tão complicada: além do mais, não precisava também ficar uma perfeição, já que à noite voltaria a desarrumá-la. Fazia as refeições na rua, às vezes filava o jantar de algum amigo e, assim, ia me aguentando, enquanto a empregada não voltasse.

Aos poucos, porém, passei a desejar ardentemente essa volta. O apartamento, ao fim de alguns dias, ganhava um aspecto lúgubre de navio abandonado. A geladeira começou a fazer gelo por todos os lados – só não tinha água gelada, pois não me lembrara de encher as garrafas. E agora, ao tentar fazê-lo, verificava que não havia mais água dentro da talha. Não podia abrir a torneira do filtro, já que não estaria em casa na hora de fechá-la, e com isso acabaria inundando a cozinha. A um canto do quarto um monte de roupas crescia assustadoramente. A roupa suja lava-se em casa – bem, mas como? Não sabia sequer o nome da lavanderia onde, pela mão da empregada, tinham ido parar meus ternos, provavelmente para sempre.

E como batiam na porta! O movimento dela lá na cozinha, eu descobria agora, era muito maior do que o meu cá na frente: vendedores de muamba, passadores de rifa, cobradores de prestação, outras empregadas perguntando por ela. Um dia surgiu um indivíduo trazendo uma fotografia dela que, segundo me informou, merecera um "tratamento artístico": fora colorida à mão e colocada num desses medalhões de latão que se veem no cemitério.

– Falta pagar a última prestação – disse o homem.

Paguei o que faltava, que remédio?, sem ao menos ficar sabendo o quanto a pobre já havia pago. E por pouco não entronizei o retrato na cabeceira de minha cama, como lembrança daquela sem a qual eu simplesmente não sabia viver.

Verdadeiro agravo para a minha solidão era a fina camada de poeira que cobria tudo: não podia mais nem retirar um livro da estante sem dar logo dois espirros. Os jornais continuavam chegando e já havia jornal velho para todo lado, sem que eu soubesse como pôr a funcionar o mecanismo que os fazia desaparecer. Descobri também, para meu espanto, que o apartamento não tinha lata de lixo, a toda hora eu tinha de ir lá fora, na área, para jogar na caixa coletora um pedacinho de papel ou esvaziar um cinzeiro.

Havia outros problemas difíceis de enfrentar. Um dos piores era o do pão: todas as manhãs, enquanto eu dormia, o padeiro me deixava à porta um pão quilométrico, do qual eu comia apenas uma pontinha – e na cozinha já se juntava uma quantidade de pão que daria para alimentar um exército, não sabia como fazer parar. Nem só de pão vive o homem.

Eu poderia enfrentar tudo, mas estar ensaboado debaixo do chuveiro e ouvir lá na sala o telefonema esperado, sem que houvesse ninguém para atender, era demais para a minha aflição.

Até que um dia, como uma projeção do estado de sinistro abandono em que me via atirado, comecei a sentir no ar um vago mau cheiro. Intrigado, olhei as solas dos sapatos, para ver se havia pisado em alguma coisa lá na rua. Depois saí farejando o ar aqui e ali como um perdigueiro, e acabei sendo conduzido à cozinha, onde ultimamente já não ousava entrar.

No que abri a porta, o mau cheiro me atingiu como uma bofetada. Vinha do fogão, certamente. Aproximei-me, protegendo o nariz com uma das mãos, enquanto me curvava e com a outra abria o forno.

– Oh, não! – recuei horrorizado.

Na panela, a carne assada, que a empregada gentilmente deixara preparada para mim antes de partir, se decompunha num asqueroso caldo putrefato, onde pequenas formas brancas se agitavam.

Mudei-me no mesmo dia para um hotel.

26
Retrato do nadador quando jovem

O carro dobra a esquina e me vejo perdido na confusão de sempre: em frente ao cinema Veneza, os que vão para a esquerda estão à direita e os que vão para a direita estão à esquerda. Dou por mim entrando no posto de gasolina junto à piscina do Botafogo.
— Quantos litros?

Não, não quero gasolina: parei aqui por imposição do tráfego. Mas acho que obedeci, antes, a um impulso do inconsciente: esta piscina sempre me intrigou. Uma construção esquisita, abaulada como o costado de um navio, sem revestimento, como uma obra inacabada – sempre que passo por aqui a caminho da cidade me dá vontade de ir lá dentro. Ver os nadadores, ver como vai indo a natação hoje em dia. Assistir talvez a uma competição um dia desses.
— Como é que se vai lá dentro?

Orientado pelo empregado do posto, conduzo o carro até o estacionamento debaixo da piscina. Uma piscina suspensa. No meu tempo eu só podia conceber uma piscina como um buraco cavado no chão e cheio d'água.

O encarregado da portaria me diz que posso entrar à vontade. Pergunto pelo Sílvio Fiolo: seria bom assistir ao treino de um campeão. Mas ele não está – em compensação, Roberto Pavel deve chegar de uma hora para outra. Subo os dois lances da rampa, o que não dá para me tirar o fôlego. Eis a piscina. Bela como a projeção de um *slide*, debruçada sobre a enseada, ao fundo o Pão de Açúcar. Parece flutuar sobre a corrente de tráfego que me trouxe até aqui. A água de um azul luminoso se agita com o movimento de dezenas de nadadores nas raias dispostas em sentido transversal. Alguns curiosos do mundo adulto, como eu – não serão ex-nadadores, mas simplesmente pais ou acompanhantes – se espalham na arquibancada, olhando distraidamente a meninada. Porque são todos bem jovens, nadador começa cedo. E, de repente, este ar úmido, esta atmosfera peculiar a todas as piscinas, este vago cheiro de cloro que me vem como uma emanação da minha juventude.

DIA DE COMPETIÇÃO: o ambiente festivo, tenso de expectativa e emoção, longe da monotonia dos treinos e da despreocupação dos dias comuns. Havia qualquer coisa de silício naquela longa e obstinada mortificação do corpo para conquistar a vitória. Ou era a simples vaidade humana de ser um animal veloz? Participar de uma disputa a que ninguém nos obrigava, despender até o fim e além do fim o que tivéssemos de energia para conquistar alguns décimos de segundo – que ganhávamos com isso? Chegada a nossa vez, caminhávamos para a borda da piscina como condenados para o sacrifício. E no dia seguinte, passada a hora da provação, tudo recomeçava – o esforço minucioso e tenaz para conseguir baixar mais alguns décimos de segundo. Tudo isso para quê?

É o que a natação, como esporte, tem de mais trágico: tudo isso para nada. Sair da terra firme, fazer da água seu elemento e substância é para o nadador um desafio à sua própria natureza. Daí a tendência dos ex-nadadores para a aviação. Ou a fatalidade dos que morrem afogados.

Pavel é um ex-nadador de 34 anos, físico de atleta, fisionomia jovem e limpa, dedicado como um missionário à sua tarefa. Com dicção clara e elaborada, vai me explicando o que é a natação hoje em dia. Suas ideias são bem formuladas, denunciando excelente preparo em cursos especializados. Nada de noções empíricas do meu tempo, em que cada nadador era para o técnico um ser humano diferente, com maior ou menor jeito para o esporte. Fala em biomecânica, em *endurance*, em *interval training*, em método Cooper – não confundir com o teste Cooper, é o método mesmo. Estou sabendo. E em controle de pulsação cardíaca. Sei, sei. As emulações motivadoras. O campo somático e o campo psíquico. Tudo isso em meio a conversa, de maneira simples, despretensiosa e convincente. Estou sabendo. Natação hoje é uma ciência.
– Sei, sei...
Na verdade não estou sabendo mais nada, a explicação me deixou boquiaberto. Quer dizer que não basta cair n'água e sair nadando, aperfeiçoar o estilo e treinar sempre para melhorar o tempo. O nadador hoje é preparado como um cosmonauta antes de ser enviado à Lua. Suas reações são conhecidas e controladas cientificamente. O ritmo cardíaco, por exemplo, obedece a uma escala ideal que vai de 140 a 190 pulsações. Vinte tiros de 50 metros, com intervalo de 5 segundos, que antigamente levariam um nadador ao cemitério, é coisa corriqueira no treinamento – porque a pulsação se mantém a 140. E assim por diante. O próprio nadador controla sua velocidade olhando um grande cronômetro eletrônico à beira da piscina. Uma complicada aparelhagem, cheia de luzes e botões, registra como um computador a chegada de cada um, com precisão de centésimos de segundo. Filmes de grandes nadadores são usados no estudo dos seus movimentos debaixo d'água.

O treinamento acompanha as últimas descobertas no campo científico, e enquanto houver progresso na ciência, haverá progresso na natação. No tempo de Johnny Weissmuller os entendidos sacudiam a cabeça: não existirá ninguém mais veloz. Hoje suas marcas, como as de todo ex-nadador, nos fazem sorrir. E Pavel sacode a cabeça: existirá sempre alguém mais veloz. Se for assim, onde vamos parar?

DEIXO A PISCINA com a sensação de estar no mundo do futuro – o que eu imaginava em meu tempo. Tempo de Maria Lenk e Piedade Coutinho, Arp e Vilar. Vilar, Isaac, Leônidas, Benevenuto e Mosquito – os cinco heróis da Marinha, que chegavam de avião, ganhavam todas as provas e iam embora! Qualquer destes que vi nadando ganharia de todos nós. Aqueles recordes de tartaruga tão duramente conquistados não me dão hoje ao menos o consolo de nadar 100 metros sem botar a alma pela boca. Acendo um cigarro (notei, pelo menos, que Pavel também fuma) e volto para o carro, pensando que esta foi uma maneira de lembrar a mocidade, como outra qualquer. Éramos apenas jovens nadadores, sem ciência nenhuma, e às vezes sem disciplina também: o pileque de gim com laranjada que Ivo Pitanguy e eu tomamos às vésperas de um campeonato brasileiro... Olho ao redor: um campeonato realizado exatamente aqui – na piscina do Guanabara, de água salgada, que hoje parece enterrada sob esta, como as ruínas de um tempo morto.

27
Expressivo, romântico e musical

A gardênia *é um animal? Não, senhora, a gardênia não é um animal.* Pois meus parabéns: o senhor acaba de responder no mais excelente português à pergunta que lhe fez a senhora Madrigal.

A senhora Madrigal e a senhora Chamberlain, cujos nomes de batismo são Margarida e Henriqueta, assim começam a primeira lição do seu livro *An Invitation to Portuguese*, livro este destinado aos americanos, segundo a lacônica explicação da página de rosto: "para compreender português e para conversar em português, língua expressiva, romântica e musical."

Portanto, conversemos em português. E tome lá, já que a gardênia, segundo o senhor afirmou de entrada, não é absolutamente um animal: *A gardênia é uma flor?*

Ah! Essa é a questão das questões, a preliminar questão da lição preliminar. Porque se a gardênia não é uma flor, que diabo a gardênia será? Afirme, pois, sem vacilação: *Sim! A gardênia é uma flor!*

Agora, prepare-se para mais esta: *A gardênia produz música?*

Não, meu amigo, não se trata de sutileza nascida dos misteriosos domínios da acuidade poética, nem as distintas professoras querem fazer crer ao titubeante aluno que possuem a audição privilegiada dos poetas, pela sua natureza os únicos autorizados ouvintes da música íntima das flores. Procuram, as duas, ensinar-lhe muito modestamente a língua portuguesa e, segundo rezam os cânones deste tradicional idioma, o senhor deve responder delicadamente: *Não, minha senhora: a gardênia não produz música. A gardênia produz perfume.* Sobre revelar um já seguro conhecimento do léxico, o senhor eliminará mais esta dúvida com relação aos seres do mundo fanerogâmico.

Mas então responda, já que se revelou tão esclarecido nas questões anteriores: *O piano produz perfume?* Meu Deus, mas que senhoras insaciáveis! *Não, o piano produz música.* Agora o senhor certamente espera que elas argumentem: se a gardênia produz perfume e o piano produz música, por que a gardênia não pode produzir música e o piano perfume?

Mas estas senhoras não argumentam, apenas perguntam. E já que estamos falando em piano, o senhor que responda: *Que é o piano?* Responda que o piano é um instrumento musical, e responda rápido, que elas não dormem no ponto, já estão perguntando o que é a violeta. A violeta é uma flor, é lógico, o senhor responderá.

Elas parecem sacudir a cabeça sarcasticamente: ah, a violeta é uma flor... E de súbito se inclinam sobre seu espavorido conhecimento do idioma lusitano: *E a rosa: é uma fruta?*

A LIÇÃO Nº 2 intitula-se especificamente "Seis partes do meu corpo" e abre-se, se me dão licença, com um poema, um involuntário poema de alta escola antropófaga ou, se quiserem, concretista:

Seis partes do meu corpo

um quatro
dois cinco
três seis

A cabeça é uma parte do meu corpo
O braço é uma parte do meu corpo
A mão é uma parte do meu corpo
O tronco é uma parte do meu corpo
A perna é uma parte do meu corpo
O pé é uma parte do meu corpo

– O gato é uma parte do seu corpo?

Se duvida, consulte a página 4. E não caia na asneira de responder, porque imediatamente elas o forçarão ao seguinte diálogo:
– Que é o gato?
– O gato é um animal doméstico.
– Que produz a galinha para minha família?
– A galinha produz ovos para a sua família.
– Que é a vaca?
– A vaca é um animal doméstico.
– Que produz a vaca?
– A vaca produz leite.
– Que é o cavalo?
– O cavalo é um animal doméstico.
– O senhor é um animal doméstico?

O que, sem dúvida, já é um pouco de atrevimento. E se o senhor responde, indignado, que é uma pessoa, elas quererão logo saber se o elefante é uma pessoa e, no caso negativo, qual é a diferença entre um elefante e um rato. Não se irrite, meu caro, o senhor está aprendendo português, e mal chegou à Lição nº 4. Antes de sair dela, convém ler com cuidado a explicação em inglês na página 9:

Note: In Portuguese you do not say. "Are you an animal?" In adressing a man you say. "Is the SENHOR an animal?"

Aprendida que seja esta sutileza gramatical, toque para a frente, que o senhor está fazendo progressos. Vá se preparando para dizer qual a diferença entre o papai e a mamãe, que é o que estas senhoras, já um tanto inconvenientes, lhe perguntarão na Lição nº 5. Depois querem saber na página 12 se o relógio é um animal, se o relógio é uma pessoa, e se não é nem pessoa nem animal, que diabo o relógio é. Mas voltarão a descarregar uma série de perguntas sutis: *O senhor come frutas com a boca? A mula come ratos? A que horas é meia-noite? Qual é a relação natural entre o café e a boca? O senhor bebe gasolina?* Contenha-se, responda com polidez: Não, eu não bebo gasolina, isto não é natural.

À medida que seu conhecimento do português aumenta, a coisa vai ficando mais séria, porque a compostura delas diminui. Aqui estão querendo saber se o senhor bebe licores; mais adiante, se o senhor gosta de dançar, de que cor são os rabanetes e se o senhor mora só. Não facilite, porque a conversa já está degenerando; neste livro tudo é possível, e na página 70 já lhe perguntam, depois de estabelecer a diferença entre as meias de senhora e as meias de homem, se o senhor usa roupas de baixo. Querem saber onde o senhor toma banho, com que se enxuga, se prefere banheira ou chuveiro.

Mas não é apenas indiscrição: na página 95 estarão indagando qual é o centro dos afetos românticos do homem e lhe ensinam a responder que é o coração *do homem e da mulher. Não é propriedade exclusiva do homem.* Ficaram líricas, sentimentais: já afirmaram que a lua ilumina a noite, que o céu é azul e que o oceano é imenso. Veja só este verso schmidtiano aqui na página 23:

> Eu vejo as formas e as cores com meus olhos.

Não se perturbe. O melhor é não levar a sério qualquer semelhança com a poesia, porque dentro em pouco elas estarão se desmandando: *Os peixes tomam banho? O senhor gosta de frango assado? Gosta de arroz com frango? Gosta de café? Gosta de leite? Gosta de flores? O senhor come a casca do ovo?* Diante do que o senhor não deve retrucar com um desaforo, mas responder literalmente: *Não, quá, quá, quá! Eu não como a casca do ovo.*

E com esta, meu prezado estudante de português, deixo-lhe o delicioso livro nas mãos e vou-me embora. Tenho medo de estar perturbando os seus estudos. Dona Henriqueta e dona Margarida já devem estar dizendo que o livro foi feito para os que não sabem português, e não para os que já sabem. E têm razão. Elas não estão para brincadeiras, tudo isso é muito sério. O método delas tem suas virtudes, e é fácil perceber que perguntam de saída se a gardênia é um animal simplesmente porque em inglês as palavras são semelhantes, e o aluno fica logo achando que está entendendo tudo.

Mais do que o método, todavia, acredito que o encantará, nas perguntas e respostas, a precisão de certos aforismos:

> Pensar é a ação normal da cabeça.
> A cabeça produz idéias e pensamentos.
> Eu penso com a cabeça.

Ou este outro:

> Eu tomo os objetos com as mãos
> Porque andar é ação dos pés.
> Eu ando com os pés.

O senhor ficará sabendo, além do mais, que *dançarina é uma mulher que dança,* que *o pintinho diz piu-piu-piu* e que o Rio de Janeiro é um porto que está no Oceano Atlântico. É tudo o que o senhor precisa saber antes de embarcar imediatamente para lá.

28
Burro sem rabo

São dez horas da manhã. O carreto que contratei para transportar minhas coisas acaba de chegar. Vejo sair a mesa, a cadeira, o arquivo, uma estante, meia dúzia de livros, a máquina de escrever. Quatro retratos de criança emoldurados. Um desenho de Portinari, outro de Pancetti. Levo também este cinzeiro. E este tapete, aqui em casa ele não tem serventia. E esta outra fotografia, ela pode fazer falta lá.

A mesa é velha, me acompanha desde menino: destas antigas, com uma gradinha de madeira em volta, como as de tabelião do interior. Gosto dela: curti na sua superfície muitas horas de estudo para fazer prova no ginásio; finquei cotovelos em cima dela noites seguidas, à procura de uma ideia. Foi de meu pai. É austera, simpática, discreta, acolhedora e digna: lembra meu pai.

Esta cadeira foi presente de Hélio Pellegrino, que também me acompanha desde a infância: é giratória e de palhinha. Velha também, mas confortável como as amizades duradouras. Mandei reformá-la, e tem prestado serviços, inspirando-me sempre a sábia definição de Sinclair Lewis sobre o ato de escrever: é a arte de sentar-se numa cadeira.

— Mais alguma coisa? — pergunta o homem que faz o carreto.

— Mais nada — respondo, um pouco humilhado.

E lá vai ele, puxando a sua carroça, no cumprimento da humilde profissão que lhe vale o injusto designativo de burro sem rabo. Não tendo mais nada a fazer, vou atrás.

Vou atrás, cioso das coisas que ele carrega, as minhas coisas; parte de minha vida, pelo menos parte material, no que sobrou de tanta atividade dispersa: o meu cabedal.

Pouca coisa, convenhamos. Mas ali dentro daquele arquivo, por exemplo, vão documentos, originais, cartas recebidas ao longo dos anos, testemunhas do convívio. Vem-me a ideia de que, pobres coisas que sejam, com este mesmo carreto é que subirei um dia para dar conta do que fiz e deixei de fazer cá na Terra. E me esbofarei como um propagandista ambulante, tentando fazer entrar pela porta estreita esta carga que me sobrou da aflição do espírito e que, burro sem rabo, teimosamente transporto comigo ao longo da vida até o seu termo.

29
Com o mundo nas mãos

Bernardo tem 5 anos mas já sabe da existência do Japão. E aponta para o céu com o dedo:
– É atrás daquele teto azul que fica o Japão?
Tenho de explicar-lhe que aquilo é o céu, não é teto nenhum.
– Mas então o céu não é o teto do mundo?
– Não: o céu é o céu. O mundo não tem teto. O azul do céu é o próprio ar. O Japão fica é lá embaixo – e apontei para o chão: – O mundo é redondo feito uma bola. Lá para cima não tem país mais nenhum não, só o céu mesmo, mais nada.
Ele fez uma carinha aborrecida, um gesto de desilusão:
– Então este Brasil é mesmo o fim do mundo. Daqui pra lá não tem mais nada...
Difícil de lhe explicar o que até mesmo a mim parece meio esquisito: o mundo ser redondo, o Japão estar lá embaixo, os japoneses de cabeça pra baixo, como é que não caem? Às vezes, andando na rua e olhando para cima, eu mesmo tenho medo de cair.

NA PRIMEIRA OPORTUNIDADE compro e trago para casa um mapa-múndi: um desses globos terrestres modernos, aliás de fabricação japonesa, feitos de matéria plástica e que se enchem de ar, como os balões. O menino não lhe deu muita importância quando apontei nele o Japão e a Inglaterra, o

Brasil, os países todos. Limitou-se a fazê-lo girar doidamente, aos tapas, até que se desprendesse do suporte de metal. Logo se dispôs a sair jogando futebol com ele, não deixei. Consegui convencê-lo a ir destruir outro brinquedo, o secador de cabelo da mãe, por exemplo, que faz um ventinho engraçado – e assim que me vi só, tranquei-me no escritório para apreciar devidamente a minha nova aquisição.

Com o mundo nas mãos, descobri coisas de espantar. Descobri que a Coreia é muito mais lá para cima do que eu imaginava – uma espécie de penduricalho da China, ali mesmo no costado do Japão. O que é que os Estados Unidos tinham de se meter ali, tão longe de casa? O Vietnã nem me fale: uma tripinha de terra ao longo do Laos e do Camboja. Aliás, a confusão de países por ali, eu vou te contar. Tem a Tailândia e tem Burma, dois países de pernas compridas, tem a Malásia, a Indonésia. A Tasmânia não tem. Pelo menos não encontrei. Continua sendo para mim apenas a terra daquele selo enorme que em menino era o melhor da minha coleção.

Dou um piparote no mundo e ele gira diante de meus olhos, para que eu descubra o que é mais que tem. Outra confusão é ali nas Arábias, onde o pau anda comendo: Síria, Líbano, Arábia Saudita, Iêmen, e o diabo de um país cor-de-rosa chamado Hadramaut de que nunca ouvi falar. Estou ficando bom em geografia.

Duvido que alguém me diga onde fica Andorra. A última pessoa a quem perguntei me disse que ficava nos limites de Aznavour. Pois fica é logo aqui, encravada entre a França e a Espanha, um paisinho de nada, vê quem pode. E fez aquele sucesso todo no Festival da Canção. Em compensação, a Antártida é muito maior do que eu pensava, ocupa quase todo o Pólo Sul. E é bem no centro dela que eu tenho de soprar para encher o mundo.

De repente me vem uma ideia meio paranoide. De tanto apalpar o globo de plástico, ele acabou meio murcho, acho que o ar está escapando. E quando me disponho a enchê-lo de novo, imagino que eu seja um ser imenso solto no espaço, botando a boca no mundo para enchê-lo com meu sopro. O nosso planeta é mesmo uma bolinha perdida no cosmo, e do tamanho desta que tenho nas mãos é que os astronautas devem tê-lo visto da lua: uma linda esfera de manchas coloridas, com seus oceanos cheios de peixes e singrados por navios, as cidades agarradas aos continentes, ruas cheias de automóveis, casas cheias de gente, o ar riscado de aviões, de gaivotas e de urubus... Tudo isso pequenino, insignificante, microscópico, os homens se explorando mutuamente, se maltratando, se assassinando para colher um segundo de satisfação ao longo dos séculos de História, não mais que alguns minutos em face da eternidade. Que aventura mais temerária, a de Deus, escolhendo caprichosamente este lindo e insignificante planetinha para a ele enviar através dos espaços o seu Filho feito homem, com a missão de redimir a nossa pobre humanidade.

Faço votos que tenha valido a pena e que um dia ela se veja redimida. Até lá, este mundo não passará mesmo de uma bola, como esta que meu filho Bernardo, irrompendo alegremente no escritório, me arrebata das mãos e sai chutando pela casa.

30
O poeta e a câmera indiscreta

Estamos na esquina do Bar Bico, em Copacabana. Um homem magro e de óculos toma um café junto ao balcão. Uma jovem com ar de estudante da PUC pede um café ao seu lado. O homem lhe estende o açucareiro sem levantar os olhos. Ela se volta curiosa para ele, pergunta qualquer coisa. Conversam um pouco enquanto tomam café. Depois caminham juntos até o meio-fio, onde se detêm, ainda conversando.

— Despede agora!

Sem me dar a menor atenção, ele continua a conversar com a moça. E o filme rodando.

— Anda, Carlos! Despede!

E ele nada. Sinto abalado nos cascos o meu prestígio de cineasta. Tinha de ser uma cena curta, inserida na vida cotidiana do poeta: uma leitora que o reconhece na rua, aborda-o, puxa conversa, se despede. Grito de novo, cada vez mais alto, despede! despede! Vários passantes se voltam para olhar a câmera, um bêbado ao fundo começa a rir e entra em cena cambaleando.

— CORTA!

Temos de filmar tudo de novo. O poeta se escusa dizendo que a conversa estava interessante e ele se distraiu. Não é para menos. Tanto assim que lhe proponho ali mesmo expulsá-lo do filme para seguir filmando a moça até o fim, com uma explicação a ser acrescentada mais tarde na parte sonora: "A partir desta cena, o filme passa a versar sobre a jovem estudante, deixando de ser um documentário sobre o poeta Carlos Drummond de Andrade."

UM DOCUMENTÁRIO – dez documentários sobre escritores brasileiros contemporâneos. Começamos com Drummond.
— Não sou bom ator – disse ele modestamente. – Mas já que você insiste...
Alegou que não sabe andar direito, como as outras pessoas, desenvolto, balançando os braços. Timidez? Falta de equilíbrio? Tudo isso, e acrescido do hábito adquirido nos tempos de colégio de Friburgo, por imposição dos padres, de não movimentar os braços na cadência do andar. Já rapazinho, passava em frente a uma pensão de estudantes em Belo Horizonte, e era alvo de riso deles: não sabe mexer os braços, menino? Um dia mexeu os braços, dando uma banana para eles.

No interior do seu escritório. Ou gabinete de trabalho – considera-se um homem de gabinete. Passou a vida escrevendo, e não somente poemas, contos ou crônicas, mas cartas, ofícios, pareceres, memorandos. Uma sequência de fotografias o mostra desde a juventude até a idade madura, debruçando sobre uma mesa, caneta em riste, escrevendo. Estamos há três horas a filmá-lo de todos os ângulos, em pleno trabalho intelectual:

> Lutar com palavras
> é a luta mais vã.
> Entanto lutamos
> Mal rompe a manhã.

Lendo, escrevendo à máquina, consultando um livro, compondo um poema. Poema gerado na hora, sob a inspiração do momento, e sob focos de luz, exposto ao olhar inexorável de uma câmera de cinema:

A tinta ignóbil das esferográficas
A falsa autenticidade das cópias de Xerox
O insulto do acrílico
As perecedoras imitações do plástico
A gélida fisionomia da pública-forma
O triste negrume das certidões do tempo de serviço
A impessoalidade dos envelopes com dizeres impressos –
Endereço, telefone e código telegráfico –
Toda a minha vida de burocrata.

Como se filma hoje um parto ou uma operação de coração, pela primeira vez foi filmado o nascimento de um poema, fixada para sempre a imagem de um grande poeta em pleno ato de criação.

DAVID NEVES desembarca da caranguejola em que circula por aí como se fosse num automóvel:
– Hoje vamos filmar na rua.
Começa a descarregar a sua parafernália de filmagem. Conforme o combinado, o poeta surge do edifício onde mora e passa por nós sem dar a menor confiança.
David sai correndo atrás dele, câmera na mão, seguido do Bola, que vai nos seus calcanhares transportando a bateria presa à câmera por um cordão umbilical. O Bola, além do mais, é manquitola. Os dois correm curvados como numa dança de índios, o sinal se abre de súbito, carros e ônibus avançando e eu do outro lado da rua botando as mãos na cabeça, pronto! Vai todo mundo atropelado, acabou-se o filme, o poeta e a poesia.

Sãos e salvos, todos metidos num ônibus. Andamos convocando gente com cara de passageiro de ônibus. Marco Aurélio Matos, por exemplo, Roberto Brancher, que faz um pouco de tudo, promovido a assistente de câmera. Minha filha Virgínia abraçada ao Silvinho, no banco de trás. O próprio Bola, no banco da frente, lendo o *O Jornal dos Sports*. O resto é passageiro de verdade. E o trocador, que não tira o olho da lente – não fosse ele caolho, pode estar também olhando para o outro lado. A velha vai entrando e se senta no lugar destinado ao poeta. Aí não, minha senhora... E por que não? Sento onde eu quiser. Mas isso é uma filmagem... E daí? Daqui não saio, daqui ninguém me tira. Tivemos que mudar a disposição da comparsaria: você aqui, você ali... E o poeta já acomodado, fingindo que nada daquilo é com ele. Vai, Carlos, ser *gauche* na vida... Chegou a hora de descer. Ele se despede:

– Por hoje chega.

Salta do ônibus e nos deixa prosseguir viagem, apatetados, sem ter mais o que filmar.

O POETA EM PLENA Avenida Rio Branco, a câmera quase colada no seu nariz, Renato Neumann andando de costas e eu abrindo caminho com a maior cara de pau para ele não tropeçar. O poeta entrega a sua crônica no *Jornal do Brasil* – tem de repetir a cena porque a luz pifou. Depois em frente ao Ministério da Educação – vê se consegue um ângulo bem dramático, Neumann. Ele se estende literalmente no asfalto, correndo o risco bem dramático de um carro passar por cima dele.

O poeta vai fazer agora uma sugestão – a primeira e única em todo o filme: quer se esconder atrás de uma coluna. Pois assim seja – a coisa já está ficando mesmo meio surrealista: esconde-se atrás de uma coluna e aparece atrás de outra. De súbito são vários Carlos Drummond de Andrade que surgem de um lado e desaparecem do outro. Ubíquo, numeroso e esquivo, onde está ele agora?

Eis que surge de um salto diante da câmera, tomado de um inesperado frouxo de riso. Não era essa a imagem que fazíamos dele – dirão os exegetas de sua obra.

Pois se esquecem que o riso, segundo Bergson... Ao que Pedro Nava se abre numa gargalhada farta e contagiante. O poeta volta a rir – agora em sua casa, conversando com os seus companheiros de geração. Martins de Almeida lembra episódios de Belo Horizonte, os três passam a limpo a recordação dos tempos idos e vividos, tudo gravado e filmado para se aproveitar um minuto. Até que o riso se faz nostálgico, depois os amigos se vão, o poeta e sua mulher trocam impressões miúdas e ternas, e ele se vê finalmente só, lendo um livro, enquanto um telefone toca insistentemente dentro da noite, um telefone que ele não pensa em atender.

31
Hay que vigilar

Estamos vivendo dias de tamanha confusão na ordem das coisas que a princípio achei natural a geladeira estar esquentando em vez de esfriar. Só faltava tirar gelo do aquecedor do banheiro, aquecer meu banho com a máquina de lavar e lavar roupa no fogão. Reina muita confusão por este mundo, que dirá numa casa depois de uma mudança.

Hoje telefonei para um especialista em geladeiras, de uma loja que se anunciava nas páginas amarelas. Vinte minutos mais tarde batia à minha porta um sujeito com cara de consertador de geladeiras. Levei-o à cozinha:

– Está esquentando, em vez de esfriar.

Ele deu uma olhada sagaz e foi falando logo, muito entendido:

– É o termostato. Uma peça cara... Mas tem de ser mudado. Aí fora está custando os olhos da cara. Consigo para o senhor pela metade do preço.

Aí fora onde? E por que conseguia para mim pela metade do preço, se nunca me tinha visto mais gordo? Antes, porém, que eu começasse a desconfiar, o telefone chamou. Fui atender – era da casa de consertos de geladeiras, querendo saber a que horas podia mandar o mecânico.

– Ele já está aqui.

– Não é possível. Não mandamos ninguém ainda.

À vista do que, voltei à cozinha para interpelar o vivaldino. Ele já havia fugido, tão logo ouvira minha conversa ao telefone – e não havendo mais nada a furtar, levara-me meia dúzia de bananas que estavam em cima da geladeira.

Depois veio o mecânico legítimo. Com este tomei cá as minhas precauções, submeti-o a verdadeira sabatina sobre geladeiras e o mau funcionamento dos termostatos. Depois contei-lhe o incidente, ele ficou indignado:

– Hoje em dia não se pode facilitar!

E contou-me que eles ficam rondando as casas de conserto, apanham o endereço dado pelo telefone e se antecipam no chamado, para passar a perna no freguês. Mas que era mesmo no termostato, não havia dúvida alguma: só que não precisava comprar outro novo, ele daria um jeito.

Deu um jeito e foi-se embora, depois de me cobrar o preço de dez termostatos.

E a geladeira ainda está esquentando.

– O defeito é no som ou na imagem?

A princípio fiquei pensando no presumível som de minha geladeira. Às vezes, alta noite, tremelicando seu corpo branco e quadrado num ritmo surdo que lhe vem das entranhas, como num samba glacial. Só quando pensei na imagem é que dei por mim: desta vez o defeito era na televisão.

– Ora no som, ora na imagem. Atualmente, em ambos ao mesmo tempo. Simplesmente se recusa a funcionar.

O homem desmontou a televisão, tornou a montar:

– O senhor quer saber de uma coisa? Ela estava mesmo com defeito – disse ele, solenemente, com ares de quem descobriu a pólvora. E cobrou-me um dinheirão pelo conserto, – de acordo lá com uma tabela, a que houve por bem se referir.

A televisão por enquanto está funcionando. De vez em quando a imagem entorta para os lados ou cresce um ovo na cabeça das pessoas, mas não tem importância, a gente escuta o que elas falam e do pescoço para baixo está tudo bem.

— É da tinturaria? – sou eu que pergunto agora.

— É sim senhor – me responde uma voz lavada e passada a seco.

— Quer mandar buscar aqui um terno?

E dou o endereço. Vem um homem e leva o terno.

Mas não era da tinturaria.

Tempos difíceis! *Hay que vigilar* – como dizia o Espanhol, aquele antigo garçom do Alcazar, em Copacabana. – *Y mucho* – acrescento eu.

32
Como vencer no bar sem fazer força

No dia do enterro de Churchill ele foi barrado pela polícia de Londres nada menos que cinco vezes. Tinha credencial para se postar com as suas cinco câmeras junto ao Parlamento, mas cismou de entrar na Catedral de São Paulo, onde só eram admitidos os fotógrafos oficiais: meto uma conversa, estou aqui, estou lá dentro. O guarda se postava em seu caminho, ele tranquilamente metia sua conversa em português, desconversava, driblava, embrulhava:

– Deixa pra lá, meu chapa: proibido nada. Pra cima de mim?

Na quinta vez o guarda perdeu a paciência e o levou em cana. Mas não saber inglês sempre tinha suas vantagens: passado para as mãos dos policiais do carro de presos, tantas falou e aconteceu que em pouco voltava, lampeiro, para junto da catedral: eu não dizia? Olha o papai aqui. Agora vou entrar aí e mandar minhas brasinhas.

E acabou entrando.

Depois do quê, resolveu fazer uma reportagem fotográfica de Londres, vista de cima. Vista de cima de onde? Londres não tem cima. Só se fosse do Hotel Hilton, onde não admitem fotógrafos, para que a intimidade da Família Real, nos jardins do Palácio de Buckingham, não seja devassada. Mas ele tinha melhor: para que, então, havia sido inventado o helicóptero?

– Onde é que você vai arranjar helicóptero? Ainda mais sem falar inglês. Vai levar no mínimo uma semana. Deve precisar de licença especial.

– Que licença especial! – e ele peneirava o ar com a mão espalmada: – Meto aí umas conversas, você vai ver só.

No mesmo dia rodava de helicóptero nos céus de Londres, fotografando o que queria e bem entendia.

À noite foi ao *pub* tomar uma cerveja. O lugar estava repleto, derramava freguês pela calçada. Ele abriu caminho com as mãos, como se nadasse de peito:

– Vai que é mole, minha gente – e foi se enfiando bar adentro.

Mas era impossível alcançar o balcão, atrás do qual o dono se desdobrava passando canecas espumantes aos mais afortunados que se comprimiam ao seu redor. Ele bateu no ombro do inglês que lhe barrava a frente, estendeu-lhe uma nota:

– Olha aqui, ô velhinho, vê se me encomenda uma cerveja ao bigodudo lá do balcão. Vai passando pra frente.

– *I beg your pardon?* – o inglês o olhava, atônito.

– Bir, bir – esclareceu ele, correndo o mesmo risco daquele principiante em inglês que sentia não estar fazendo progressos, pois toda vez que pedia uma cerveja lhe traziam um urso. Com uma mímica desabusada, que abria em torno uma clareira de empurrões, conseguiu explicar ao outro o seu propósito. E batia no peito como Tarzã:

– Mim brasileiro.

A nota foi passando de mão em mão, e apontavam:

– Uma cerveja. Para um brasileiro ali atrás.

Em pouco veio voltando por sobre as cabeças uma caneca de cerveja. Atrás dela voltou o troco. Todos achavam graça, inclusive o dono do bar, e procuravam colaborar:

– Vai passando. Muito obrigado.

Estava inaugurando um novo sistema de atendimento, dentro da ética secular dos bares ingleses. Ele já sugeria ao seu vizinho:

— Quer uma cerveja? Me dá seu dinheiro aqui. Você aí da frente, vai levando.

Para um terceiro abriu caminho novo, usando uma série de mãos solícitas à sua direita, em linha torta até o balcão. Estabeleceu mais uma conexão à sua esquerda, aos poucos foi lançando por sobre as cabeças várias rotas aéreas de dinheiro na ida e cerveja na volta, às vezes seguida do troco e de respingos de espuma.

Em poucos minutos o bar era um pandemônio: moedas circulavam de mão em mão, canecas eram passadas daqui para ali, algumas se entornavam. Atrás do balcão, o bigodudo punha as mãos na cabeça, incapaz de atender a um de cada vez, ameaçava botar todo mundo para fora antes da hora de fechar. Onde, desde os tempos de Dickens, reinavam o mais compungido silêncio e a mais perfeita ordem, baixou pela primeira vez na História a mais animada das confusões, e o contentamento era geral. Os fregueses riam, alegres, e se prestavam a multiplicar o movimento, estendendo os braços como remos naquele mar de cabeças:

— Para quem essa cerveja?
— Pega ali o meu troco.
— Mais uma para mim!

O sistema do mutirão se alastrara pelo bar inteiro, já ninguém mais sabendo de quem para quem. A horas tantas ele se despediu com um tapa nas costas dos que o circundavam, à brasileira, quando a animação ia no auge e se transformava em cantoria:

— Este bar já está chato. Vou me mandar e inaugurar outro.

33
Minas enigma

> Minas além do som, Minas Gerais.
>
> *Carlos Drummond de Andrade*

Se sou mineiro? Bem, é conforme, dona. (Sei lá por que ela está perguntando?) Sou de Belzonte, uai.

Tudo é conforme. Basta nascer em Minas para ser mineiro? Que diabo é ser mineiro, afinal? Inglês misturado com oriental? É fumar cigarro de palha?

Em suma: ser mineiro é esperar pela cor da fumaça. É dormir no chão para não cair da cama. É plantar verde para colher maduro. É não meter a mão em cumbuca. Não dar passo maior que as pernas. Não amarrar cachorro com linguiça.

Porque mineiro não prega prego sem estopa. Mineiro não dá ponto sem nó. Mineiro não perde trem.

Mas compra bonde.

Compra. E vende para paulista.

Evém o mineiro. Ele não olha: espia. Não presta atenção: vigia só. Não conversa: confabula. Não combina: conspira. Não se vinga: espera. Faz parte de seu decálogo, que alguém já elaborou. E não enlouquece: piora. Ou *declara,* conforme manda a delicadeza. No mais, é confiar desconfiando. Dois é bom, três é comício. Devagar que eu tenho pressa.

Apólogo mineiro: o boi velho e o boi jovem, no alto do morro – lá embaixo uma porção de vacas pastando. O boizinho, incontido:

– Vamos descer correndo, correndo, e pegar umas dez?

E o boizão, tranquilamente:

– Não: vamos descer devagar, e pegar todas.

Mais vale um pássaro na mão. A Academia Mineira, há tempos, pagava um *jeton* ridículo: 200 cruzeiros – antigos, é lógico. Um dos imortais, indignado, discursava o seu protesto:

– Precisamos dar um jeito nisso! Duzentos cruzeiros é uma vergonha! Ou 500 cruzeiros, ou nada! Ao que um colega prudentemente aparteou:

– Pera lá: ou 500 cruzeiros, ou 200 mesmo.

Um Estado de nariz imenso, um estado de espírito: um jeito de ser. Manhoso, ladino, cauteloso, desconfiado – prudência e capitalização:

– Meu filho, ouça bem o seu pai: se sair à rua, leve o guarda-chuva, mas não leve dinheiro. Se levar, não entre em lugar nenhum. Se entrar, não faça despesas. Se fizer, não puxe a carteira. Se puxar, não pague. Se pagar, pague somente a sua.

Mas todos os princípios se desmoronam diante de um lombo de porco com rodelas de limão, tutu de feijão com torresmos, linguiça frita com farofa. De sobremesa, goiabada cascão com queijo palmira. Depois, cafezinho requentado com requeijão. Aceita um pão de queijo? Biscoito de polvilho? Brevidade? Ou quem sabe uma broinha de fubá? Não, dona, obrigado. As quitandas me *apertencem*, mas prefiro um golinho de januária, e pronto: estou *sastisfeito*...

Falar de Minas, trem danado, sô. Vasto mundo! Ah, se eu me chamasse Raimundo. Dentro de mim uma corrente de nomes e evocações antigas, fluindo como o Rio das

Velhas no seu leito de pedras, entre cidades imemoriais. Prefiro estancá-las no tempo a exaurir-me em impressões arrancadas aos pedaços, e que aos poucos descobririam o que resta de precioso em mim – o mistério de minha terra, desafiando-me como a esfinge com o seu enigma: decifra-me, ou devoro-te.

Prefiro ser devorado.

34
Um gerador de poesia

Um dia lhe mostrei qualquer coisa que eu escrevera, e ele me chamou a atenção para um trecho que, na sua opinião, deveria ser cortado:
— Você colaborou. Um escritor de verdade não colabora.
E como eu protestasse, defendendo o que havia escrito:
— Você está errado. Quer que eu chore, para provar?
Tirou o monóculo e começou a chorar, um choro de criança, lágrimas grossas escorrendo dos olhos claros e tombando no prato. Estávamos num restaurante e os outros fregueses olhavam, estupefatos, aquele senhor de cabelos grisalhos em pranto diante de mim. Veio o garçom, veio o próprio gerente para saber o que havia, e ele sempre a chorar, gaguejando entre soluços:
— Está convencido agora? Tenho ou não tenho razão?

INDIGNADO PORQUE o gerente de um hotel em Nova York o interpelou com maus modos ao sabê-lo estrangeiro.
— Que é que o senhor estava pensando? Que eu fosse americano? Está muito enganado, meu nome é Jayme Ovalle, eu não sou daqui, sou de Jerusalém.

Ovalle, meu irmãozinho, tu que és hoje estrela brilhante lá
[do alto-mar,
Manda à minha angústia londrina um raio de tua quente
[eternidade

VONTADE DE PEDIR-LHE, como Manuel Bandeira, que me mande um raio de sua inspiração, quando me disponho a escrever sobre ele: "um artista tão profundo, um boêmio tão largado, um funcionário aduaneiro tão exemplar na sua honradez e competência, e um ser moral de ternura a um tempo tão ardente e esclarecida..."

De vez em quando Claudio Lacombe me pergunta: por que você não escreve sobre Jayme Ovalle? Não sei responder. Como escrever sobre alguém que eu até mesmo duvido de haver existido?

Com o tempo, ele foi se tornando um mito. Quando meus amigos o descobriram depois de mim, eu dizia: vocês não conheceram o verdadeiro Ovalle, o de Nova York, em 1946. E Vinicius: o verdadeiro Ovalle era o de 1936... Schmidt e Murilo Mendes falavam em 1926. Manuel Bandeira e Dante Milano iam mais longe ainda, aos tempos das serestas boêmias ao violão, com Catulo, Olegário Mariano, Villa-Lobos. Empurrado para trás, de década em década, o verdadeiro Jayme Ovalle talvez pudesse ser encontrado há 2 mil anos, entre os discípulos de Cristo em Jerusalém, que é onde ele deveria ter mesmo nascido.

NO BATIZADO a menininha não parava de chorar. Ele assistia a tudo, compenetrado, mas vendo-me ainda mais compenetrado no meu papel de pai, tranquilizou-me:

– Este pegou mesmo, não tem dúvida. Deus é como vacina: quando pega, imuniza para sempre.

Deus, para ele, se ocupava apenas em observar as folhas que caem das árvores e as que não caem, contente de ver que elas procediam direitinho – os anjos que cuidassem do resto. E ele próprio, ao entrar no céu, haveria de chorar, "como fazem, ao nascer, todas as crianças".

Fonte de inspiração para quem dele se aproximasse, parecia irradiar uma força magnética geradora de poesia,

poesia feita de ar e imaginação. Nunca encontrei quem, mais do que ele, soubesse viver poeticamente o que há de prosaico na vida de todos os dias. Parecia vinculado a uma realidade mágica que transcende os nossos sentidos embotados pelo cotidiano.

Quando regressou ao Brasil, hospedou-se no único lugar do Rio que lhe ocorreu, o Palace Hotel, porque já havia morado ali (onde fora noivo de uma pomba). Lá ficou como único hóspede, pois o prédio estava fechado e já em princípio de demolição. Mudou-se depois para o quarto de uma maternidade que havia no Leblon, apropriadamente em cima de um bar. Ali morou algum tempo, satisfeito da vida, entre parturientes e recém-nascidos. Passeando no corredor, viu pela porta entreaberta uma velha na cama:

— E a senhora? Teve uma netinha?

Um dia dei com ele no centro da cidade, olhando para cima, em pleno asfalto da Rua Debret, ao risco de ser atropelado.

— Passarinho? – perguntei.

— Não – respondeu, sem me olhar, ainda voltado para as janelas de um edifício: – Estou procurando o Sobral Pinto.

E me informou que seu amigo trabalhava por ali, num daqueles prédios, não sabia direito qual. Levei-o até a portaria do mais próximo, perguntei pelo escritório do Dr. Sobral Pinto, e era lá mesmo: deram o andar e o número da sala.

— Não sei como me arranjo sem você – disse ele me abraçando, agradecido.

MUITO ANTES de conhecê-lo, eu já havia lido os poemas de Bandeira nele (ou por ele) inspirados. E a crônica "O místico", a propósito de sua partida para Londres, e "A nova gnomonia", sobre sua classificação de todos os seres humanos em cinco categorias. Schmidt já me falara das "noivas de Jayme

Ovalle", não só através de seu belo poema, mas pessoalmente, contando casos pitorescos com ele vividos em noites de boemia na Lapa. Já ouvira de Di Cavalcanti as suas histórias de Paris. Conhecia Azulão, Berimbau, Modinha, sabia de sua fama de músico e poeta – que não correspondeu, em divulgação, à numerosa obra esparsa por ele deixada. Mas era ainda um mito, de contornos imprecisos, cuja existência eu atribuía em parte à imaginação criadora de seus amigos.

Até que vim conhecê-lo pessoalmente e foi um impacto para a minha vida. Nosso convívio diário durante quase três anos, morando a princípio no mesmo hotel em Nova York, era um deslumbramento permanente para a minha sensibilidade. Bebíamos juntos todas as noites, almoçávamos juntos todos os dias, e embora a diferença de idade entre nós fosse de mais de 30 anos, éramos como dois velhos amigos. Havia nele qualquer coisa que o libertava do tempo, impregnando-o de eternidade.

E PARA A ETERNIDADE lá se foi o Ovalle, de mansinho, deixando este mundo sem nos pedir licença: eu andava de viagem, ali por volta de 1955. Só algum tempo depois soube que havia partido – e, numa última surpresa para os amigos que foram ao seu enterro: com uma longa barba branca. Não saberei nunca escrever sobre ele, embora tenha tentado mais de uma vez. Talvez possa apenas dizer, como na despedida de Manuel Bandeira:

> Que um dia afinal seremos vizinhos
> Conversaremos longamente
> De sepultura a sepultura
> No silêncio das madrugadas
> Quando o orvalho pingar sem ruído
> E o luar for uma coisa só.

35
Suíte ovalliana

– Que é o ato criador, Ovalle?
– É qualquer coisa assim como um desastre. Tem o imprevisto de um choque. Qualquer coisa extremamente ligada ao pecado. No fundo, é a revelação das coisas que nós deixamos de viver por falta de oportunidade e sobretudo por covardia.

De uma conversa de Jayme Ovalle com Vinicius em maio de 1953 nasceu uma entrevista que é o mais completo documento existente sobre ele. Como pode ter existido um homem assim? – me perguntam os que não o conheceram, convencidos de que se trata de excesso de imaginação da minha parte. Qual o segredo de uma existência de tal maneira sensível ao mistério da poesia? Como podia ele aceitar com tamanha naturalidade o que houvesse de mais inesperado e surpreendente na realidade de todos os dias?

A obra que deixou não teve até hoje a divulgação que fizesse justiça à sua grandeza de poeta e compositor. Certamente continuará guardada em algum lugar deste mundo, dentro da mesma mala que ele conservava debaixo da cama. Os originais de seu livro de poemas *O pássaro bobo* (ou, mais precisamente, *The Foolish Bird* – pois, nunca se soube por que, ele só escrevia em inglês) repousam para sempre no limbo onde estão os nossos brinquedos perdidos na infância.

— A Poesia, Ovalle, que é a Poesia?
— É a coisa mais importante do mundo. Todo mundo nasce com ela, porque ela é a própria vida. Todo mundo é criado com o dom da poesia, e só deixa de ser poeta porque perde a inocência.

ERA CAPAZ de reencontrar a inocência onde ela estivesse, com a sua incrível capacidade de ver as coisas como se fosse pela primeira vez. Um dia, estávamos no Central Park, em Nova York, olhando as focas que brincavam no meio de um tanque. Muito sério, de luvas, chapéu e sobretudo, ele olhava para a frente naquele seu jeito meio duramente interrogativo de franzir uma das sobrancelhas em torno do monóculo.

— As focas são inocentes — falou, sério. — Não se incomodam de serem vistas assim, completamente nuas.

Naquele instante se aproximou de nós uma velha amiga e bateu-lhe cordialmente nas costas, de surpresa. Com o gesto inesperado, o monóculo se desprendeu do sobrolho (dizia que dava à língua portuguesa a última oportunidade de ainda usar esta palavra), tombou ao chão e se espatifou. Impertubável, levou a mão ao bolsinho do colete, retirou outra lente, encaixou-a diante do olho e só então, como se nada houvesse acontecido, é que se voltou para cumprimentar a autora do gesto desastrado.

Estávamos agora sentados à volta da mesa de um bar em Greenwich Village: o poeta José Auto com a inteligência da sua mansidão, o pintor Anton com sua melancia cheia de conhaque, o refugiado espanhol Manrique com seu olho de vidro. Às tantas Manrique tirou o olho e ficou brincando com ele sobre a mesa, como se fosse uma bola de gude. Alguém, que pode muito bem ter sido Fernando Lobo, pegou o olho e jogou-o dentro do copo de uísque de

Jayme Ovalle. Este, distraído, e para decepção geral, continuou a beber, sem nada ter visto. Mas a certa altura voltou-se para mim:

— Acho que vou pedir outro uísque, porque este aí não tira o olho de mim.

— O sacrifício de Cristo vale para todo o Universo, caso sejam os outros planetas habitados?
— Os outros planetas não são habitados. Só a Terra. Todo o resto é luxo, prodigalidade de Deus. É como o carpinteiro que para fazer um móvel deixa se espalhar uma quantidade de pó de serragem. Deus é um esbanjador. Deus faz muito rascunho. O hipopótamo, por exemplo, é um rascunho de Deus.

IMPOSSÍVEL ENTENDÊ-LO sem aceitar o sobrenatural. Costumava dizer que não tinha muito tempo a perder com quem não acredita em Deus – isso, em geral, referindo-se a algum chato.

— O chato é que é o verdadeiro psiquiatra: a gente faz verdadeiras curas com um chato. Depois de se conversar com ele, não existe mais problema nenhum.

Mas preferia a companhia dos anjos. Tinha particular preferência pelo anjo da guarda de seu grande amigo Di Cavalcanti. Quando nos encontramos pela primeira vez, ele me disse, depois de uma longa noite de conversa, que a princípio pensara que eu fosse anjo, mas viu logo que não era.

— Por quê?
— Porque não tem asas, ora essa. Você já viu anjo sem asa?

Contou-me que certa vez, em Londres, ao atravessar uma rua, seu anjo da guarda fizera uma brincadeira de mau gosto: empurrou-o à frente de um automóvel, quase foi atropelado. Ficaram brigados algum tempo por causa disso:

— Talvez ele andasse meio impaciente comigo, não sei.

O anjo, cansado de ficar às suas costas toda a noite no bar, ia esperá-lo no quartinho do hotel, punha-o para dormir, velava pelo seu sono. De vez em quando, porém, fazia umas coisas esquisitas:

— Ontem, por exemplo, me apareceu vestido de marinheiro. E se divertiu tirando o copo de minha mão toda hora; não gosto disso.

Todas as tardes, às seis em ponto, me esperava na esquina da Sexta Avenida com Rua 46 e me entregava o dinheiro contadinho para comprar uma garrafa de uísque no *liquor-store* pouco adiante.

— Por que não compra você mesmo?

— Não gosto daquele lugar.

Na verdade não tinha era jeito para entrar em lojas e fazer compras. No dia em que me atrasei, fui encontrá-lo no quarto do hotel, sem uísque, à minha espera:

— Você hoje não apareceu – queixou-se. – Tive de ir lá eu mesmo e foi muito desagradável: custam a atender a gente, dão tiros, quebram garrafas. Um perigo. Não têm a menor consideração. Bem que eu dizia que não gosto daquele lugar.

Deixei no ar o que ele dizia, como costumava acontecer quando eu não o entendia. Fomos para o bar, e já por volta de meia-noite apareceu o jornaleiro de sempre com a edição do *Daily News* do dia seguinte. Na primeira página, em letras enormes: "Assalto na Rua 46", e a foto de um homem morto no chão da loja. A onda de assaltos em farmácias e lojas de bebida nas vizinhanças fizera com que a polícia escondesse um detetive em cada uma delas. Naquela tarde o assaltante foi recebido a tiros exatamente quando Ovalle entrava para comprar o seu uísque, e ficou esperando ser atendido em meio ao fogo cruzado. Havia mesmo uma referência a um *old gentleman* que esperava calmamente sob risco de ser morto, como aconteceu ao bandido.

– Onde vive a Música?
– Fora de nós. Nós somos os instrumentos. Quanto melhor o instrumento, melhor a música. Se formos um Stradivarius, que beleza. Mas tem muito instrumento ordinário por aí.

NUMA RECEPÇÃO em Paris, em meio a artistas do teatro e do cinema, foi apresentado a todos na sua genuína qualidade de grande compositor brasileiro. Imediatamente o arrastaram a um piano, instrumento que ele só tocava para si mesmo, na intimidade. Resistiu, mas tanto pediram que acabou tocando com um dedo só as sete notas da escala: dó, ré, mi, fá, sol, lá, si. Alguém a seu lado se inclinou, insistente, dizendo que deixasse de fita, tocasse logo alguma coisa. Era Charles Boyer.

– Cada um faz o que sabe – disse ele: – Eu toco, mas só se você me der um beijo.

– Que é a loucura, Ovalle?
– É o vácuo entre a criação e a obra criada.
– Que acha de Freud e da psicanálise?
– Freud foi um louco genial, que descobriu as causas da própria loucura e acabou se curando. Seu erro foi ter generalizado sua loucura através da psicanálise.
– Que é o câncer?
– É a tristeza das células.
– Por que os açougues ficam acesos de madrugada?
– Porque a carne é muito vaidosa.
– Que acha do suicídio?
– É um ato de publicidade: a publicidade do desespero.

– Que é a noite, Ovalle?
– É a única coisa que a gente tem. Olhe lá: lá está ela. É minha e sua. O dia não é de ninguém.

Vinicius acaba de me telefonar da Bahia. Peço-lhe que me defina Jayme Ovalle, e ele me responde imediatamente:
– É o poeta em estado virgem. A mais bela crisálida de poesia que jamais existiu, desde William Blake. É o mistério poético em toda a sua inocência, em toda a sua beleza natural. É voo, é transcendência absoluta. É amor em estado de graça.

36
Corro risco correndo

E já que todo mundo está fazendo *cooper*, resolvo fazer também. Escolho o calçadão de Ipanema, um quilômetro para lá e outro para cá – nem mais um metro.

E lá vou eu, em passo estugado, numa marcha batida que me faz lembrar o meu tempo de escoteiro.

Devo dizer que antes resolvi munir-me de traje adequado. Pensei em comprar um macacão, como vejo outros usarem, mas, ao experimentar na loja uma dessas indumentárias, me senti meio ridículo, fantasiado de atleta: todo verdolengo, com uma faixa branca ao longo da perna da calça apertada – e era o mais discreto de que dispunham. Coragem de andar na praia metido naquilo eu talvez tivesse, mas como chegar até lá? Quem me visse passando pelas ruas assim trajado saberia ser essa a minha intenção? Optei então por uma bermuda comum, camiseta e um simples conga, depois de rejeitar o tênis especial para corrida que o empregado da loja queria por força que eu comprasse:

– Esse conga vai lhe dar bolha no pé, o senhor vai ver só.

Pois lá vou marchando impávido calçadão afora, escondido atrás de uns óculos escuros. Penso se não seria o caso de enterrar na cabeça um boné, mas vejo logo que não será preciso: as pessoas que cruzam comigo a correr não me conhecem, e parecem não fazer a menor questão de conhecer. De minha parte, não creio que vá esbarrar com alguma amiga, diante da qual gostaria de fazer bonito, em vez de me expor assim aos seus olhos.

POIS EIS QUE VEM lá um conhecido, e logo quem! É o próprio Werneck que se aproxima correndo: José Inácio, o colunista esportivo. Vem em disparada, braços pendentes ao longo do corpo e meio inclinado para a frente, como mandam as boas regras do *jogging*:

– Corre, Fernando! – diz ele, jovialmente.

Obedeço, e disparo a correr. Já resfolegando como locomotiva, em pouco avisto alguns metros adiante outro conhecido que vem vindo. Vem sem correr, num ritmo firme de soldado, como eu fazia até que o José Inácio me pusesse em brios:

– Não vá na conversa dele, Fernando. Faça como eu: andando.

E vai passando. É o Noronha, outro colunista. Tinha testemunhado de longe a advertência do seu colega. O Sérgio Noronha – mas isso aqui só dá comentarista esportivo! É gente que entende do riscado, e cada qual tem lá o seu método.

Obedecendo ao do Noronha, que me pareceu mais sensato, caio de novo na marcha, vou seguindo em frente.

Não há dúvida, assim é mais fácil.

Eu sou é marchador.

Só que podia ir um pouco mais devagar.

Deixo o Noronha se afastar e diminuo o ritmo. Mas acabo me lembrando de um amigo, que também é doutor no assunto: corre todo dia os seus 8 quilômetros às seis e meia da manhã, não deixa por menos. E na areia, que é muito mais difícil, segundo dizem. Pois para ele, o que importa é correr. Nem que seja bem devagar, me diz: não é preciso bater nenhum *record* de velocidade – só correr, e não andar. Por quê? Não sei.

Saio trotando pelo calçadão.
– Isso, Fernando!
Eis que encontro alguém que concorda comigo: um cidadão passa por mim num trote mais rápido, emparelhado a dois companheiros. E grita de longe que está lendo um livro meu – só faltou dizer o que está achando.

COM ALGUNS DIAS de prática, descubro o que todos esses entendidos em *cooper* estão querendo me ensinar: trata-se de descobrir cada um o ritmo que lhe é próprio e se entregar de alma leve e corpo descontraído, fazendo o mínimo de esforço para não forçar a máquina.

Porque a esta altura já sou uma máquina correndo em câmera lenta pela rua.

O meu ritmo é este.

O diabo é que acabo deixando também a mente solta, a vagar pelo espaço. E minha imaginação rola com as ondas na areia de Ipanema e se perde na distância azul do mar. Antes de sair de casa, passei a manhã diante da máquina, tentando iniciar esta crônica. O papel em branco era um desafio à minha esterilidade mental. Agora as ideias vão afluindo e se aglutinam, compondo frases que procuro fixar na memória, para lançá-las no papel assim que chegar em casa. Descubro que, para um escritor, nada mais inspirador do que uma corrida matinal. Comunico a descoberta a uma amiga, queixando-me de que tão logo regresso ao trabalho, as ideias se vão. Ela começa a rir e sugere que eu corra com a máquina de escrever dependurada no peito. O que vem comprovar mais uma vez que nem tudo que mulher diz é para se levar a sério.

O único risco que eu corro, sem trocadilho, se prosseguir nesta onda de inspiração que me impele praia afora, é me distrair e acabar em Jacarepaguá.

UM VELHO ABANANDO os braços como se fosse levantar voo. Um magricela todo despingolado, pés tortos de deixa-que-eu-chuto. Uma mulher gordíssima, imponente como um transatlântico. Três meninas de tanga invisível, tudo de fora. Outro velho, inclinado para trás, num passinho cauteloso de mamãe-me-limpa. Um crioulão de meter medo, com o macacão verde que eu não quis comprar. Uma mulherzinha se requebrando, bracinhos virados para fora. Vou seguindo em frente, esquivando-me de cocôs de cachorro, babás e carrinhos, mocinhas de bicicleta. Um jovem quase me atropela ao estacionar a motocicleta na calçada. Um careca, corpo de atleta, passa correndo:

– Solta os braços!

Não creio que seja cronista esportivo, nem mesmo meu conhecido. Concluo que faz parte da ética do corredor esse entendimento tácito ou explícito, às vezes um simples olhar de conivência.

Mas vejam só quem se aproxima.

Calça, camisa e sapatos comuns, nem correndo nem marchando, no seu passo de urubu malandro, braço dado com a mulher: o comentarista que o Brasil consagrou. Quando me vê passar trotando como camelo velho, no embalo meio desengonçado, pernas bambas, braços sacolejantes, caindo para a frente como quem acaba de tropeçar e catando cavaco aos trancos e barrancos, João Saldanha sacode a cabeça e me cumprimenta com ar desolado de quem diz: esse não vai muito longe.

AINDA HÁ POUCO minha filha me telefonou para pedir-me um favor do fundo do coração: que eu pare com essa mania de correr. Três amigos seus (um deles cardiologista) já lhe disseram que me fizesse parar com isso, depois que me viram correndo.

Não vou parar, mas terei de mudar de estilo.

37
Sexta-feira

Eram onze horas da noite de Sexta-Feira da Paixão e eu caminhava sozinho por uma rua deserta de Ipanema, quando tive a gélida sensação de que alguém me seguia. Voltei-me e não vi ninguém.

Prossegui a caminhada e foi como se a pessoa ou a coisa que me seguia tivesse se detido também, agarrada à minha sombra, e logo se pusesse comigo a caminhar.

Tornei a olhar para trás, e desta vez confirmei o pressentimento que tivera, descobrindo meu silencioso seguidor. Era um cão.

A poucos passos de mim, sentado sobre as patas junto à parede de uma casa, ele esperava que eu prosseguisse no meu caminho, fitando-me com olhos grandes de cão. Não sei há quanto tempo se esgueirava atrás de mim, e nem se trocaria o rumo de meus passos pelos de outro que comigo cruzasse. O certo é que me seguia como a um novo dono e me olhava toda vez que me detinha, como se buscasse no meu olhar assentimento para a sua ousadia de querer-me. No entanto, era um cão.

Associei a tristeza que pesava no luto da noite ao silêncio daquele bicho a seguir-me, insidioso, para onde eu fosse, e tive medo – medo do meu destino empenhado ao destino de um mundo responsável naquele dia pela morte de um Deus ainda não ressuscitado. Senti que acompanhava o rumo de meus pés no asfalto o remorso na forma de um cão, e o cansaço de ser nomem, bicho miserável, entregue à própria sorte depois de ter assassinado Deus e Homem Verdadeiro. Era como se aquele cão obstinado à minha cola denunciasse em mim o anátema que pesava na noite sobre a humanidade inteira pelo crime ainda não resgatado – e meu desamparo de órfão, e a consciência torturada pelas contradições desta vida, e todo o mistério que do bojo da noite escorria como sangue derramado, para acompanhar-me os passos, configurado em cão. E não passava de um cão.

Um cão humilde e manso, terrível na sua pertinácia de tentar-me, medonho na sua insistência em incorporar-se ao meu destino – mas não era o demônio, não podia ser o demônio: perseverava apenas em oferecer-me a simples fidelidade própria dos cães e nada esperava em troca senão correspondência à sua fome de afeição. Uma fome de cão.

Antes seria talvez algum amigo nele reencarnado e que desta maneira buscava olhar-me de um outro mundo, tendo escolhido para transmitir-me a sua mensagem de amor justamente a noite em que a morte oferecia ao mundo a salvação pelo amor. E a simples lembrança do amor já me salvava da morte, levando-me à inspiração menos tenebrosa: larguei o pensamento a distrair-se com a ideia da metempsicose, pus-me a percorrer lentamente a lista de amigos mortos, para descobrir o que me poderia estar falando pelo olhar daquele cão. Mas era apenas um cão.

E tanto era um cão que, ao atingir a esquina, deixou-se ficar para trás, subitamente cauteloso, tenso ante a presença, do lado oposto da rua, de dois outros cães.

Detive-me a distância, para assistir à cena. Os dois outros cães também o haviam descoberto e vinham se aproximando. Ele aguardava, na expectativa, já esquecido de mim. Os três cães agora se cheiravam mutuamente, sem cerimônia, naquela intimidade primitiva em que o instinto prevalece e o mais forte impõe tacitamente o seu domínio. Depois me olharam em desafio até que eu me afastasse, e meu breve companheiro se deixou ficar por ali, dominado pela presença dos outros dois, na fatalidade atávica que fazia dele, desde o princípio dos tempos, um cão entre cães.

E agora era eu que, animal sozinho na noite, tinha de prosseguir sozinho no meu confuso itinerário de homem, sozinho, à espera da ressurreição do Deus morto e sem merecê-lo, e sem rumo certo, e sem ao menos um cão.

38
Experiência de ribalta

Sempre que alguém me pergunta "por que não tenta o teatro?", tenho por um instante a distraída veleidade de acreditar que a sugestão se refere a mim não como escritor, mas como ator. Dou uma resposta qualquer, que por fora se refere vagamente à incompatibilidade dos gêneros literários, mas que por dentro pretendia ser outra, esboçada com um sorriso modesto:

– Não tenho muita experiência de ribalta.

Em verdade minha experiência de ribalta foi curta, porém definitiva.

O primeiro responsável pela minha acidentada carreira dramática foi o professor Asdrúbal Lima, de cujo canto orfeônico, no Ginásio Mineiro, eu primava em fugir pela janela depois da chamada, tão logo ele se sentava ao piano. Às vezes me arrependia e tornava a entrar pela porta, porque de súbito a cantoria infrene da malta lá dentro me parecia bem mais divertida que as molecagens cá de fora.

Mas o preço da liberdade era a eterna vigilância: de vez em quando ele se voltava para botar um pouco de ordem no "viva-o-sol-do-céu-da-nossa-terra-vem-surgindo-atrás-da-linda-serra", que o pessoal esgoelava em ondas de arritmia, e dava com uma perna fujona acabando de desaparecer na janela: precipitava-se pela porta para pegar o pelintra – língua do P que parecia presidir-lhe os passos pesados e prestos na perseguição. E os demais, vendo aberto o galinheiro, escapavam cacarejando. Quando ele voltava, já não encontrava ninguém.

Lembro-me não sem ternura da inesperada distinção que me conferiu, esquecendo minhas estrepolias de aluno, ao convidar-me para representar na ópera *Cavaleria rusticana,* produzida, dirigida e por ele mesmo representada no papel principal, com sua admirável voz de barítono – distinção cujo mérito maior estava em perder alguns dias de aula para atender aos ensaios. Meu papel, como o de um colega igualmente distinguido, era pequeno, porém dos mais importantes, se levarmos em conta a primazia de entrada: tão logo subisse o pano já estaríamos, vestidos de coroinha, espargindo pétalas de rosas pelo pátio de uma Igreja – ato este cuja finalidade nem na noite da estreia cheguei a entender. Depois estávamos livres para nos distrairmos na coxia entre o vaivém dos atores – e justamente na noite da estreia essa foi, aliás, a origem da nota catastrófica.

Era no Teatro Municipal de Belo Horizonte – e naquela época espetáculo artístico-social de tal categoria, como diria hoje um cronista social, prometia acontecer com fúria louca. Tudo começou muito bem e cumprimos à risca nosso papel, compenetrados e graves – o que não durou mais que dois minutos. Depois abandonamos nossas batinas nos bastidores e nos distraímos brincando de pegador atrás dos cenários, enquanto lá no palco o espetáculo prosseguia a todo pano, em cantoria solta. Eis senão quando tropeço numa trave de madeira e rompo a tela do cenário para surgir como um rojão em pleno palco, em meio a um dueto, num tombo espetacular. Os cantores se engasgaram de susto e a plateia explodiu em gargalhadas. Levantei-me, meio tonto, apalpando o corpo para ver se não me machucara. Ao ter noção de onde estava, não me ocorreu pedir desculpas em dó maior, como seria o caso: fugi espavorido. O pano caiu. O meu mundo caiu. Não passei pelo caixa – nem o do teatro, nem o de pagamentos para receber a minha parte – pois, se não me engano, éramos todos amadores: de modo que não me ficaram devendo nada. Saí em ofegante corrida pela rua, com a impressão de ter mil barítonos nos meus calcanhares.

Não se encerrou aí minha brilhante carreira de ator, pontilhada de sucessos, não digo tão rasgadamente acidentados, todavia bem mais surpreendentes. Sucessos que só não se tornaram de bilheteria por eu não ter encontrado na época o acolhedor estímulo que a crítica dispensa hoje em dia às vocações inexistentes.

FIZ MINHA AUSPICIOSA estreia na peça *O sacrifício*, num palco armado em cima de um caminhão, para a exigente plateia de Carrancas, Minas Gerais, onde nós, escoteiros, estávamos acampados.

Coisa de menino – dirão. Absolutamente: eu era um trágico de 15 anos, cônscio do alto teor de dramaticidade de *O sacrifício* e de minha responsabilidade no papel do próprio sacrificado. Tratava-se, ao que me lembro, de um roubo cuja culpa eu assumia, para encobrir o irmão de um amigo. As humilhações a mim infligidas em cena dariam para compensar as do próprio desempenho – não fora um engraçadinho ter movimentado o caminhão, ao cair do pano, caindo com ele todo o palco.

Depois do quê, me meti em coisa ainda mais séria: nossa *tournée* nos levou à provecta cidade de Ouro Preto, onde à última hora cometemos a imprudência de abandonar *O sacrifício*, de sucesso garantido, em favor de nova peça, mal ensaiada, para estreia no teatro local. Tratava-se agora de algo que acreditávamos satisfazer o fino gosto do distinto público ouro-pretano, cujas tradições de cultura e civismo atenderíamos com original entrecho, girando em torno de um rapaz que por imposição do pai se furtava à conscrição militar. O rapaz era eu, e se não consegui, na vida real, inspirar-me em tão interessante sugestão, não foi por falta de sinceridade na interpretação de meu papel. Meu pai era um truculento dono de botequim, no qual me via obrigado a servir cerveja para os soldados que procuravam, com galhofas, conquistar-me para as suas fileiras. Houve interferência cívica de minha mãe, com rogos e súplicas, no sentido de me fazer cumprir o dever para com a pátria. E o velho ali firme; não queria nem ouvir falar em Exército, pois, se bem me lembro, a guerra já lhe levara um filho. Se eu quisesse ser soldado teria antes de passar por cima do seu cadáver.

Deixassem o velho em paz com a sua tão razoável idiossincrasia — mas não: havia também minha noiva, que vinha para o palco toda flosô, carregando uma cesta de flores colhidas no campo, e tentava conquistar as graças do futuro sogro para aquilo que a envergonhava em seu amado aos olhos das amigas — cujos noivos se orgulhavam de estar prestando serviço militar.

Muito instrutivo, como se vê; o que todos queriam era ver minha caveira, atirando-me à caserna como se fosse a coisa mais distinta que podiam fazer pelo pobre rapaz. Graças a Deus o velho aguentava a mão, irredutível no seu repúdio à farda.

Se é de admirar que com isso uma peça inteira fora escrita, mais admirável ainda tinha sido nossa coragem de levá-la à cena no Teatro de Ouro Preto, completamente lotado, e com entrada paga. Além do mais, poucas foram as fardas que conseguimos emprestadas na reduzida guarnição local, para vestir a soldadesca que transitava pelo botequim, de modo que uns portavam apenas a túnica e outros o culote: razão de sobra teria meu pai para não me querer metido em meio a tropa tão mal-ajambrada. Com a agravante do vexame dado por um deles que, esquecido de seu modesto desempenho, aboletou-se numa mesa e se empilecou de cerveja verdadeira que adquirimos pouco antes no botequim da esquina para a encenação.

Mas havia o veterano da Guerra do Paraguai, que viria complicar um pouco a situação. Seu impressionante relato comoveria o velho no terceiro ato, mas por um descuido natural na confusão reinante, ele errou a vez e entrou no segundo. Entrou, e como não soubesse de cor uma só linha da imensa fala que lhe cabia, tirou do bolso o seu papel e cinicamente pôs-se a lê-lo em tom de discurso.

Era demais – tamanha foi a vaia que parecíamos estar num campo de futebol. Alguns espectadores mais exigentes já batiam em ostensiva retirada, antes do final da peleja. Meu pai não esperou mais: abriu mão de suas convicções com um gesto irritado e mandou que levassem o menino para o Exército, para o diabo, mas acabassem logo com aquilo. E ali mesmo arrematou a peça, voltando-se para o Zezé Andrade que, grimpado no alto de uma escada, controlava nervosamente o movimento do pano de boca: "Cai o pano!" – ordenou. Caiu o pano, a escada e o Zezé Andrade.

Tivemos de sair da cidade à sorrelfa, na calada da noite.

Depois disso, desgostoso com a incompreensão do público e o injusto silêncio da crítica, dei por encerrada minha carreira, abandonando para sempre a ribalta.

39
Numa curva da estrada

Ao dobrar uma curva da estrada, vejo de relance o automóvel conversível cruzar-se com o meu, a caminho de Petrópolis. Olho para trás, espantado: a minha barata!

Até hoje não me esqueço do dia em que me vi motorizado pela primeira vez, em plena Copacabana, graças a um generoso presente de meu irmão, que comprara outro carro.

Atrás do volante de uma poderosa barata conversível, a que ninguém diante de mim ousaria chamar de calhambeque – e hoje em dia muito menos de barata – considerei-me desde logo o Rei da Zona Sul, até que o primeiro guarda de trânsito me multasse. Em vão tentei convencê-lo de que passara por cima da calçada ao fazer a curva porque a traseira do conversível era maior do que supunha a minha vã filosofia.

No dia seguinte sofreria humilhação maior, ao retirá-lo com estrépito da garagem, numa imprudente marcha à ré que levou de arrastão a bicicleta do quitandeiro, carregada de laranjas e ovos. Os ovos se espatifaram numa chuva de claras e gemas, as laranjas se espalharam pela rua. Era inútil – sorria eu, como explicação aos curiosos que logo me cercaram: não podia sair de cima da bicicleta do homem, com a roda já em forma de oito, simplesmente porque naquele instante não havia meios de fazer o motor funcionar.

TINHA O ESTRANHO capricho de não funcionar nas circunstâncias mais embaraçosas. Assim aconteceu dentro do Túnel Novo, à frente de um bonde; no Largo da Carioca, à espera do sinal; na Rua 1º de Março, às cinco horas da tarde. Nesta última vez, um prestimoso chofer de caminhão se dispôs a empurrar-me, mas o fez com tanta galhardia que, para não abalroar o carro que ia à frente, entrei prudentemente na Rua do Ouvidor e me transformei em monumento.

Um mecânico de nome Mundial se dispunha a comprá-la, mas quando o procurei para efetivar a transação, humilhou-me dizendo que gastara o dinheiro adquirindo um terno meia-confecção. Vergonha para mim, que me tornara íntimo de todos os mecânicos do Rio de Janeiro e adjacências!

Quando finalmente o vendi (seu dono me disse que a transformaria em camioneta, para transporte de produtos de sua fazenda) não quis nem olhar da janela para vê-la partir. O meu poderoso conversível, glorificado durante meu reinado sem coroa, e sem capota, prestando-se a transporte de bananas, aves e porcos! No fundo temia que não desse partida e o homem voltasse para que eu lhe devolvesse o dinheiro.

POIS AGORA vejo-o passar por mim numa curva da estrada. Ainda funciona, louvado seja meu irmão! Vou pensando num momento já perdido para sempre, do qual aquele carro foi apenas a parte mais pitoresca. E no homem ainda tonto de mocidade, a quem ele transportava para lugar nenhum... Nada como um carro depois do outro! – concluo então. E acelero, mais conformado, em direção ao futuro.

40
Elegância

Quando eu era rapazinho achava muito elegante ser elegante. Tinha pinta de bonifrate, todo gamenho e casquilho: sempre com terninhos modelo Max Baer comprados na Casa Guanabara, ou então aqueles paletós em moda na época, cintados atrás e com umas pregas nas costas. Usava meia três-quartos para neutralizar um pouco o vexame das calças curtas que a idade me impunha. E dava-me ao desplante de passar cuidadosamente ao pescoço o cachecol de seda de meu pai, antes de sair à rua, muito almofadinha, para ver as meninas na Praça da Liberdade.

É vergonhoso confessar mas o faço como penitência ante juventude tão frivolamente desperdiçada: conversava com outros pilantrinhas da época sobre moda masculina, discutia o modelo de um casaco, a qualidade de uma casimira, a vacilação ante o dilema entre usar cintos ou suspensórios.

Estavam em moda, também, aquelas calças à altura do peito, lançadas por George Raft. Calça clara e paletó escuro era de bom-tom; camisa azul-marinho com fecho éclair, uma nota de fino gosto, e aquelas calças de flanela que deixavam entrever, na sua meia transparência, a barra da cueca, o suprassumo da elegância displicente. O sapato branco e marrom era muito recomendável, especialmente para a tarde, à saída da matinê – e só o superava em apuro o de crepe-sola ou o famoso *tressé*. Mais do que o relógio de pulso com corrente de níquel, era o máximo de requinte entre os jovens peraltas uma estranha pulseira de couro com duas fivelas, que quase todos procuravam usar, muito apertadas no pulso, feitas sob medida no sapateiro, embora nunca se tivesse chegado a saber para que diabo ela servia.

ATÉ NA LEMBRANÇA já se havia perdido essa minha juvenil preocupação com a aparência. Ao corrente da moda, abria-me à vocação uma brilhante carreira de peralvilho, graças a Deus cedo desviada para a ambição de conquistas bem mais discretas, no terreno das emoções literárias, ou mesmo sentimentais. Eis que agora a pessoa que mais estimo me dá de presente um corte de casimira – coisa para muito luxo e que me enche de brios, trazendo-me à memória o esquecido esmero de então. Ocorre-me, ante o gesto cativante, dar-lhe em retribuição a minha própria figura, toda catita e chibante, metida em farpela nova. Para isso, como é óbvio, penso logo em levar a referida casimira ao meu atual alfaiate.

Descubro então, estupefato, que há muito não tenho alfaiate. O último era o da Camisaria Cambridge, que escondia por trás desse impressivo nome a sugestão de uma elegância britânica.

Levado pela mão de Joel Silveira, abri lá uma conta, depois de ouvir dele uma minuciosa exposição sobre a ética da casa: não era preciso pagar tudo de uma vez, nem muito de cada vez: apenas não passar muito tempo sumido, ou seja: devagar e sempre. E se o dono costumava perguntar-me pelo Joel, assim com ar desinteressado de quem não quer nada, forçoso é confessar que eu costumava receber do próprio Joel uns telegramas sugestivos que diziam "Cambridge morrendo de saudades", quando passava mais tempo sem aparecer.

Antes disso Rubem Braga me confiara às hábeis mãos de um Seu Manuel lá da Rua Acre. Fiz alguns ternos pela sua tesoura, e só o deixei de mão quando o mesmíssimo Rubem, tempos depois, me perguntou, olhando de alto abaixo com desprezo: onde diabo você anda fazendo essas roupas? Havia me traído, o janota, passando-se para outro melhor.

PASSEI, DE MINHA PARTE, a suprir-me de roupas feitas. Sou freguês da Exposição e congêneres – e ninguém levantara suspeição, farejando aqui publicidade disfarçada, se acrescentar que vou com os ternos mas eles positivamente não vão comigo: lá do cabide me esperam como se cada um pertencesse a pessoa diferente. Todavia, só o conforto de poder entrar na loja e sair vestido num 48-longo – infelizmente um pouco longo, reconheço – sem o transtorno das sucessivas provas a que nos submete o alfaiate já me consola dessa minha familiar sensação de que o defunto era maior, devido à qual até hoje ninguém se lembrou de incluir-me na lista dos dez mais elegantes.

Pois agora, um corte de casimira debaixo do braço, saibam todos quantos esta virem, que marcho impávido para um novo alfaiate. Dizem que este é a última palavra, a tesoura mágica, o rei da moda – e por um preço bem razoavelzinho. Atenção, pois, elegantes! Abram alas que eu quero passar.

41
Homens de canivete

Os homens, incidentemente, se dividem também em duas categorias: os que são e os que não são de canivete.

Eu, por mim, confesso que sou homem de canivete. Meu pai também era: tinha na gaveta da escrivaninha um canivete sempre à mão, um canivetinho alemão com inscrições de propaganda da Bayer. Não se tratava de arma de agressão, mas, ao contrário, destinava-se, como todo canivete, aos fins mais pacíficos que se pode imaginar: fazer ponta num lápis, descascar uma laranja, limpar as unhas.

É, aliás, o que sucede com todos os homens arrolados nesta categoria a que honrosamente me incluo – os homens de canivete: são pessoas de boa paz e que só lançariam mão dele como arma defensiva quando se fizesse absolutamente necessário.

Alegria da criança que não abandona o homem feito: a de ter um canivete. Era de se ver a excitação com que meu filho de 10 anos me pediu que não deixasse de lhe comprar um na Alemanha. É perigoso – advertem os mais velhos, cautelosos – cautela que não resiste à minha convicção de que o menino saberá lidar com ele como é mister, pois tudo faz crer que virá a ser, como o pai, um homem de canivete.

Os mineiros geralmente são. Quem descobriu isso, penso, foi o Otto, que não deixa de sê-lo, ainda que de chaveiro e certamente por atavismo – pois me lembro da primeira pergunta que lhe fez seu pai ao chegar um dia ao Rio:

– Você sabe onde fica uma boa cutelaria?

Sempre fui um grande frequentador de cutelarias. Quando o poeta Emílio Moura aparece pelo Rio, não deixo de acompanhá-lo a uma dessas casas para olhar uns canivetes – pois se trata de um dos mais autênticos homens de canivete que conheço, e dos de fumo de rolo. Entre meus amigos mais chegados, embora nem todos o confessem, muitos fazem parte dessa estranha confraria. Paulo Mendes Campos não se esqueceu de recomendar-me determinada marca de canivete ao saber de minha viagem – e, se bem me lembro, seu pai é um dos mais infalíveis portadores de canivete de que se tem notícia. Rubem Braga também se deixou denunciar numa esplêndida crônica, "A herança", que pode ser lida em *Borboleta amarela*, a respeito de um irmão que abria mão de tudo, mas reclamava de outro a posse de um canivete.

Alguns continuam sendo homens de canivete, mesmo que hajam perdido o seu ainda na infância. Aliás, os homens de canivete vivem a perdê-lo, não sei se pelo prazer de adquirir outro. Para identificá-lo, basta estender a mão e pedir: me empresta aí seu canivete. Se se tratar de alguém que o seja, logo levará naturalmente a mão ao bolso e retirará seu canivete. Foi o que fez Murilo Rubião, por exemplo, e que é outro: ao chegar da Espanha, a primeira coisa que me exibiu foi seu belo canivete, adquirido em Sevilha.

Para terminar, digo que não há desdouro algum em não ser homem de canivete. Há homens de ferramenta, de isqueiro, de chaveiro e até de tesourinha. Graciliano Ramos não era homem de navalha? Homens de revólver é que não são uma categoria das que mais admiro: até parecem que não são homens, para precisar de uma proteção que lhes poderia eventualmente propiciar, em caso de necessidade, um simples canivete.

42
O brasileiro, se eu fosse inglês

Fiquei de lhe escrever contando as minhas impressões sobre o Brasil e os brasileiros. Francamente, não sei por onde começar. Estou aqui há poucos dias e já deu para viver as experiências mais extraordinárias. Mesmo que eu ficasse 30 anos neste país, não deixaria de me surpreender a cada momento.

Ontem à noite, por exemplo, eu estava num cinema de Copacabana quando faltou luz em meio à sessão das dez. O acontecimento foi saudado com gritos, vaias, assobios e gargalhadas em plena escuridão: o povo aqui se diverte com qualquer coisa. O empregado do cinema, um rapazinho com sua lanterna, subiu ao palco e comunicou que havia falta de energia, a sessão estava suspensa: o dinheiro dos ingressos seria devolvido à saída. Tal informação desencadeou tremenda onda de protestos. Então o rapaz simplesmente propôs contar o resto do filme, se quisessem. Já tinha visto várias vezes, sabia a história de cor. A sugestão foi aceita em meio à maior algazarra. Depois todos se calaram e ele começou a narrar o filme, à luz de sua lanterna, representando diálogos, imitando os atores. Ao fim, recebeu verdadeira ovação da plateia. À saída, ninguém reclamou a devolução do dinheiro.

Como este, eu poderia contar uma série de casos, para ilustrar o espírito de solidariedade na improvisação que ainda predomina entre os brasileiros, apesar dos problemas cada vez maiores que atormentam este país.

Domingo último lastimei junto a um amigo brasileiro por não poder assistir à disputa final do campeonato nacional de futebol no Maracanã. — Não pode por quê? — ele quis saber. Disse-lhe que não tinha ingresso, e àquela altura era humanamente impossível conseguir. — Deixa comigo — ele disse então: — Também não tenho, mas vamos juntos, que lá a gente "dá um jeito".

Não creio que haja em inglês expressão correspondente a esta. Significa vencer qualquer barreira, superar qualquer dificuldade, realizar o impossível, mediante um recurso sutil qualquer, no qual de um lado prevalece a persuasão e do outro a transigência, impregnadas ambas de mútua simpatia. Pede-se "uma colher de chá" — o que quer que isso venha ser — e tudo se consegue, mesmo aquilo que é proibido por lei. Há leis que são simplesmente ignoradas, porque, no consenso comum, "não pegaram". São como vacinas: algumas pegam, outras não.

Ao chegarmos, todas as entradas do gigantesco estádio, já superlotado, estavam cerradas: não cabia mais ninguém. Meu amigo não se perturbou. Dirigiu-se ao portão das autoridades e me apresentou ao porteiro como uma alta autoridade qualquer que não falava o português — e foi me empurrando para dentro. O meu pequeno conhecimento da língua deu para entender o que diziam. — E o senhor, quem é? — perguntou o porteiro. — Eu sou o acompanhante dele — respondeu meu amigo, e foi entrando atrás de mim. Acabamos indo parar, cercados de atenções, na tribuna de honra, onde não havia também um só lugar vago. A não ser os dois mais importantes de todos, reservados ao Presidente da República e sua digníssima esposa, cuja presença, salvo alguma surpresa de última hora — e neste país tudo pode acontecer – não estava prevista. Pois agora pasme! Foi nestes dois lugares que nos sentamos, depois que meu amigo me apresentou aos ilustres presentes como alguém ainda mais ilustre do que eles.

Para o brasileiro, as exceções não confirmam a regra: elas constituem a própria regra. É insopitável a sua descrença em relação a qualquer autoridade ou instituição. Mesmo as instituições feitas de papel, como receitas médicas, catálogos de telefones. Preferem sempre consultar um amigo: qual é o número do fulano? Estou sentindo uma dorzinha, aqui, que é que devo tomar? Vai passando pela rua, vê uma farmácia, resolve entrar para comprar um medicamento qualquer que lhe disseram ser a última palavra para o rim ou para o fígado – seja xarope, comprimido ou injeção. Formam filas para tomar injeções por causa de um resfriado, uma simples ressaca, ou apenas para "reforçar o físico", como eles dizem. E o empregado da farmácia, como um garçom para o cozinheiro no restaurante, grita para seu colega lá dentro, já a postos, seringa hipodérmica na mão: mais uma de cálcio na veia!

Basta referir-se às mais elementares leis da prudência para que eles reajam: desgraça pouca é bobagem; o que não mata, engorda; no fim dá certo – são alguns ditados que costumam invocar a todo momento. E no fim, contrariando todas as leis da ciência e as previsões históricas, tudo acaba mesmo dando certo, porque, dizem eles, Deus é brasileiro.

E assim sendo, também sou filho de Deus – não se cansam de repetir, reivindicando um direito qualquer. Que pode ser o de entrar sem ingresso, como aconteceu comigo no futebol, de passar à frente dos outros, ignorar horários e regulamentos. Recentemente vi um cidadão se sentir ofendido quando um guarda de trânsito ameaçou prendê-lo por desacato, porque insistia em praticar uma infração, qual fosse a de deixar o carro sobre a calçada:

— Não me venha com essa história de "está preso" que eu vou-me embora.

Para conseguir alguma coisa em algum lugar, você tem de conhecer alguém que conheça alguém que trabalhe lá. – Procure o João no primeiro andar, diga que fui eu que mandei: o João é meu amigo do peito. – Todo mundo é "meu amigo", "meu velho", "meu irmão". Todos se tratam por você no primeiro encontro e se tornam amigos de infância a partir do segundo, com tapas nas costas e abraços em plena rua, para celebrar este extraordinário acontecimento que é o de se terem conhecido.

A maioria dos encontros é casual. A gente se vê por aí, quando puder eu apareço. Têm horror ao compromisso com hora certa. Mesmo que tenha sido marcado formalmente, com toda a ênfase de quem pretende levá-lo a sério, há uma sutileza qualquer que escapa aos ouvidos de um estrangeiro como eu, indicando se é ou não para valer. Até parece que as palavras, entre eles, servem para esconder o pensamento. "Pois não" quer dizer "sim", "pois sim" quer dizer "não". "Com certeza, certamente, sem dúvida" são afirmativas de uma mera probabilidade.

E se encontrando ou se desencontrando, como se agitam! Andam na rua como se obedecessem a irresistível compulsão, não parecem estar indo a lugar nenhum. Esquinas, portas de cafés e casas de comércio são invariavelmente obstruídas por aglomerações. Discutem futebol, falam com malícia dos ausentes, em meio a uma sucessão de diminutivos, cuja função é de minimizar a importância de qualquer decisão: espere um pouquinho, vamos tomar uma cachacinha, ali pertinho, precisamos ter uma conversinha. E como conversam! Falam, discutem, gesticulam, cutucam-se mutuamente na barriga ou na ilharga, contam anedotas, riem, acenam para alguém do outro lado da rua, calam-se para ver passar uma mulher, dirigem-lhe gracejos, voltam a conversar. Tudo isso aos berros – um forasteiro, ao entrar num restaurante do Rio terá fatalmente a impressão de estar havendo uma briga ou algum tumulto, tal a gritaria dos fregueses. Ninguém parece estar ouvindo ninguém, todos falam ao mesmo tempo.

E, ao redor, a sinfonia dos ruídos prossegue. Carros buzinam sem o menor propósito – o sinal jamais se torna verde para alguém sem que o de trás não comece imediatamente a buzinar. Os vendedores ambulantes apregoam sua mercadoria. Um alto-falante lança um samba no ar a todo volume. O negrinho engraxate acompanha, batendo com a escova em sua caixa. Entregadores passam em disparada nas suas bicicletas, pela contramão, abrindo caminho com assobios estridentes no pandemônio do tráfego. Batedores de motocicleta cruzam a cidade com suas sirenes, em cortejos de carros cheios de seguranças, sem que se distinga entre eles nenhum figurão. Por todo lado cantam serras de construção. De vez em quando se ouve, não se sabe a que propósito, uma salva de canhões.

Em meio a toda essa balbúrdia, homens silenciosos e sérios se aproximam um dos outros e se separam pelos cantos e desvãos das portas, trocando misteriosamente uns papeizinhos. São os que mantêm em funcionamento uma das mais respeitáveis instituições nacionais: o jogo do bicho.

Até aqui, falei-lhe de maneira um tanto leviana, atribuindo a todos os brasileiros características superficialmente observadas no Rio de Janeiro, ao risco de perigosas generalizações. No entanto, não há nada que intrigue mais os sociólogos que se dão ao trabalho de estudar esta charada que é o Brasil: por mais que cariocas, paulistas, mineiros, gaúchos, baianos ou nordestinos sejam diferentes uns dos outros, há qualquer coisa que os identifica em qualquer lugar do mundo como brasileiros: a sua alegre rebeldia, o seu espírito de independência, o seu apego à liberdade, que um dia acabarão fazendo realmente do Brasil um grande país. E talvez de maneira inédita, capaz de deixar perplexos os futuros estudiosos da História.

Só não lhe falei na mulher brasileira. Não me arisco a tanto. Prefiro dar por encerrada esta carta, vestir um calção e ir vê-la na praia. Indescritível. Sugiro a você que tome imediatamente um avião, venha para cá e faça o mesmo.

43
O ballet do leiteiro

No edifício da esquina ainda há várias janelas acesas. No terceiro andar mora um casal de velhos. Vejo um pedaço de cama, um pé, um pijama riscado, o jornal aberto. Eis que entra a velha metida numa camisola feito um balão murcho, arranca sem cerimônia o jornal das mãos do marido, agacha-se para olhar debaixo da cama. A luz se apaga.

No último andar os homens fumam, vejo a brasa dos cigarros.

No quinto moram duas meninas. Estão debruçadas na varanda, olhando a rua. Uma usa suéter amarelo, outra, blusa branca. Assim de longe têm um ar desbotado de quem já lavou o rosto para dormir. Dormem de janelas hermeticamente fechadas.

No segundo andar uma mulher passeia pelo quarto e gesticula, parece estar falando sozinha.

Na casa em frente mora uma velha feiticeira com seu cachorro. É possível que depois da meia-noite ela se transforme numa princesa de cabelos cor de ouro e vá dançar numa boate. Mas ainda são onze horas e atualmente a megera, num vestido preto e medonho, o mais que faz é passar a mão numa vassoura e brandi-la contra o cachorro, obrigando-o a recolher-se.

Meia-noite. Quase todas as luzes já se apagaram. Ao longe o morro dos Cabritos deixa ver alguns de seus casebres, que não chegam a perturbar a paisagem dos moradores do último andar. A luz da lua dá aos edifícios fronteiros uma coloração amarelada. Uma pequena multidão acaba de sair do cinema. Alguns se detêm no ponto de ônibus; outros vão andando. Meia dúzia de carros se movimenta. A lua também se apaga por detrás de uma nuvem. Vem o ônibus, o último, e arrebanha este resto de vida.

E a cidade morre. Daqui por diante apenas um ônibus, um táxi ou uma conversa de noctívagos sacudirá por instantes o ar de morte que baixou sobre a cidade. A mulata poderá discutir com o porteiro do edifício, o vigia da construção poderá vir espiar. Ouvirei uma buzina, um choro de criança, apito de guarda, miados de gato, tosse de homem, riso de mulher. Um rato cruzará o asfalto de esgoto a esgoto, um rapaz passará assobiando. Serão débeis sinais de vida que não iludirão a morte, nessa hora em que os homens se esquecem e dormem.

MAS ALGUÉM está acordado e continua vivendo. Não o conheço, não sei quem é, se é homem ou mulher. Vejo apenas sua janela acesa, às vezes adivinho sua sombra, distingo a fumaça de seu cigarro. Não sei que profissão exerce, se lê ou escreve livros, se espera alguém, por que razão não vai dormir. Melhor que não saiba: já me acostumei à presença desse desconhecido companheiro da madrugada que, amargurado ou distraído, estabelece em meio à aceitação da noite a clareira de sua vigília, a certeza de uma presença humana sempre acesa dentro da escuridão. Vontade de comunicar-me com ele, estender o braço por sobre as árvores e edifícios que nos separam e cumprimentá-lo, mostrando-lhe a minha janela também acesa, e indicar-lhe que também não estou dormindo. Aqui estou eu, irmão. A noite vai tranquila, aguenta a mão aí, deixa o barco correr. É bom que nós saibamos cada um no seu posto, de sentinela enquanto a cidade dorme, à espera de um novo dia. Deixa a noite correr! Cada um na sua janela, nós nos entendemos: a noite é nossa.

Mas ao longe, por detrás dos edifícios, surge uma réstia de claridade – é a madrugada que avança. Eis que a janela acesa de súbito se apaga. O céu vai-se tornando roxo e a cidade aos poucos empalidece. Estou sozinho Nem uma luz senão a minha. Há um instante de equilíbrio entre a sombra e o silêncio, entre a minha solidão e a de todos – e então irrompe no ar o ruído alegre e matinal da carroça do leiteiro lá embaixo, na rua, as garrafas retinindo.

VEJO DA JANELA, como de um camarote, o leiteiro se aproximar. Agora ele deteve sua carroça na esquina, enquanto uma negra surgida não sei de onde parece desafiá-lo a distância.

– Negra sem-vergonha! Ah, se eu te pego.

Do outro lado, junto ao tapume, o vigia da construção assiste à cena. O leiteiro e a mulher se olham como dois animais. Ele bate o pé no chão, fingindo que vai correr, e ela sai em disparada, desaparece na esquina.

– Não posso entregar o leite que aquela negra está querendo me furtar uma garrafa. É só largar a carroça e ela vem.

Fica indeciso, dá um passinho para lá, outro para cá. Finge afastar-se e rodopia sobre o meio-fio, para surpreender a mulher. Não vendo ninguém, apanha duas garrafas e, desconfiado, se afasta em direção a um edifício.

SURGE A NEGRA na esquina. Vem vindo de mansinho, colada à parede. Encosta-se na carroça como quem não quer nada – o leiteiro olha de longe. Passa a mão numa garrafa, e o leiteiro se precipita aos gritos, foge a negra espavorida. Deixa cair a garrafa, o leite se esparrama no chão. O leiteiro berra, ameaçador:

— Sua cachorra! Olha só o que me fez! Eu te mato, diabo. Detém-se junto à carroça, olha o leite derramado, os cacos da garrafa — chora o leite derramado:

— Numa hora dessas não aparece nenhum guarda.

Levanta os olhos e dá comigo à janela.

— O senhor quer fazer o favor de tomar conta da carroça enquanto entrego o leite? Aquela mulher...

— Quem, eu? — inflo-me de energia, do alto do meu quinto andar. Lanço à rua um olhar capaz de afugentar a mais temerária das negras que furtam garrafas dos leiteiros: — Poder, posso. Mas acontece que comigo aqui em cima ela furta até a carroça.

Desanimado, o leiteiro voltou-se para o vigia:

— Nem um guarda! Já me quebrou uma garrafa, olha aí! O senhor será que podia...?

O vigia, um mulato vigoroso e decidido, atravessa a rua e vai postar-se junto à carroça. O leiteiro agradece, apanha de novo duas garrafas e sai correndo em direção ao edifício. Pela calçada vem vindo a negra, de mansinho, vem vindo...

— O que é que você quer? — ameaça o vigia.

Aproximam-se um do outro, conversam baixinho alguns minutos. O vigia segura a negra pelo braço. Depois atravessa com ela a rua e ambos desaparecem no interior da construção.

44
O indesejável espectador

Alguém se surpreende ao dar comigo à saída de um teatro: ouvi dizer que você não gosta de teatro, me diz.

Não é verdade. Não gosto é de ir ao teatro, o que é coisa muito diferente. Questão de comodismo. Teatro em geral é uma incômoda aventura de paletó e gravata. Há o calor. Seja qual for a estação do ano, a ideia de ir ao teatro, mesmo refrigerado, é sempre quente. A pressa ainda esquenta mais. Mal há tempo de jantar: chega-se atrasado ao teatro, o que é penoso como chegar adiantado em velório. Há pessoas que também fazem calor, e sempre encontro uma nos intervalos, para dizer que viu em Paris, não há termo de comparação; que caiu um pouco no segundo ato; que neste "ela" está muito melhor do que ele.

E então, de pura preguiça, que explico mas não justifico, vou deixando de ir. E um dia me vejo sentado na plateia como um dois de paus, em meio aos iniciados, o ouvido duro e a atenção rebelde, voltada para o acessório e distraída do essencial. O leque da vizinha da direita me hipnotiza. Vem-me o impulso de perguntar "como?", quando não ouço bem, pedindo ao ator para fazer o favor de repetir. Compenetro-me de meu papel de espectador, em luta com a vontade de acender um cigarro. Sinto-me mortificado como se estivesse representando: medo de que os atores esqueçam a fala, errem a vez, gaguejem, tropecem em cena

– e a responsabilidade, evidentemente, será toda minha. Farejo pavoroso incêndio em qualquer cheirinho de fumaça: basta que acendam uma vela no palco para que eu, da plateia, já imagine a manchete do dia seguinte nos jornais. Fico atento às minhas mãos, pela traiçoeira tendência que elas têm de aplaudir em hora errada – aquela palminha única, chocha, encabulada e sem seguidores é sempre minha. Ou a desastrosa gargalhada fora de propósito, que faz vários rostos hostis se voltarem. E a vontade de sair, tropeçando em joelhos, ir ao toalete, beber água, ou simplesmente andar um pouco, respirar ar puro, regressar ao meu feio mundo cotidiano e improvisado, sem deixas, sem marcações, sem intervalos e, péssimo espectador, deixar-me devorar pelo espetáculo que no teatro, em suas verdadeiras dimensões de equilíbrio e harmonia, não sou suficientemente humilde para merecer.

45
Precisa-se de um escritor

Queira receber expressão sentidos pêsames
Expressão sentidos? Isto não está bom não. Vamos tentar de novo:
Aceite meu pesaroso abraço
Pesaroso abraço é de amargar. Que tal sincero pesar?
Venho manifestar sincero pesar
Não vai. Tenho de reconhecer que está acima da minha competência.

No entanto, sou um escritor. Há anos e anos não faço outra coisa senão juntar palavras, e o resultado aí está: depois de toda uma vida dedicada à literatura, vinte livros publicados, milhares de crônicas, contos, artigos, reportagens, comentários, notas, textos e roteiros, tenho de admitir a minha definitiva incapacidade de redigir um simples telegrama de pêsames.

Não se falando na compulsiva idiotice que me leva a escrever pêsames com z, para em seguida verificar pela milésima vez no dicionário que é com s, como eu desconfiava. Talvez porque com z os pêsames pareçam mais sinceros.

Queira receber os pêsames mais sinceros
Encontro na autobiografia de Malcolm Muggeridge semelhante desalento em face da quantidade do que ele chama de "produto pessoal bruto" do escritor. Afirma que, depois de milhares de anos-luz no inferno ou no céu ou

no purgatório, se lhe perguntarem como era a vida na terra, dirá que era uma folha de papel em branco numa máquina de escrever e tendo de ser coberta com palavras: não amanhã, nem na próxima semana ou no próximo ano: *agora*.

Tal como eu neste momento.

Mais modestamente, sinto que minha vida de escritor é como a de uma cozinheira que, nem bem acabou de lavar as panelas e arrumar a cozinha depois do almoço, tem de começar tudo de novo para fazer o jantar.

Pois que o escritor inglês trabalhe um pouco em meu lugar:

"Observando esta monstruosa cachoeira de palavras tão seguidamente solicitadas e produzidas, confesso que elas significam para mim uma vida perdida. Possibilidades vagamente vislumbradas que nunca se realizaram. Uma luz que lampeja para logo desaparecer. Alguma coisa vagamente apreendida, como uma música distante ou um perfume indefinível; alguma coisa cheia de encantamento e promessas de êxtase. Muito, muito distante, no entanto próxima; no extremo limite do tempo e do espaço, no entanto na palma da minha mão. Em qualquer caso, tanto perdida na mais remota distância como ao meu alcance – inatingível. Nenhuma luz mais duradoura que a de um fósforo aceso numa caverna escura. Nenhum êxtase a experimentar – somente uma porta que se fecha, e o eco de passos cada vez mais fracos descendo uma escada de pedra."

Ecos de passos cada vez mais fracos descendo uma escada de pedra... Como a lembrança de alguém que morreu.

De alguém que morreu e para cuja família não consigo sequer compor um telegrama de pêsames.

O CONTÍNUO abriu a porta da sala do Otto e, ao vê-lo escrevendo velozmente à máquina, espantou-se:

— Uê, doutor Otto, o senhor tem redação própria?
Pois é isto: me digo escritor e não tenho redação própria.
Agora vai de qualquer maneira:
Queira aceitar votos pesar abraço amigo
Tendo atingido esta admirável concisão, o telegrama aí está, é só enviar. Em vez disso, resolvo partir para o cartão. Além de ser manuscrito, o que é mais delicado, o cartão se presta a uma redação fluente, espontânea, como deve ser a de um escritor que exprime seu pesar pela morte de alguém:
Venho por meio deste exprimir o meu pesar
Depois de rasgar meia dúzia de cartões, e convencido além do mais de que meus pêsames podem ser sinceros mas minha letra é ilegível, retorno furiosamente ao telegrama:
Sinceros pêsames
Duas palavras apenas, quer manifestação mais expressiva do que esta? Assino e envio, antes que sofra novo ataque de oligofrenia vocabular.

OUTRO DIA LI uma crônica de García Márquez na qual, para meu consolo, ele afirma literalmente: *"no seria capaz de escribir un telegrama de felicitación ni una carta de pésame sin reventarme el hígado durante una semana"*. E passa a falar na alhada em que se meteu. O homem já produziu uma obra admirável, é autor de pelo menos um romance imortal, já conquistou o Prêmio Nobel – que é que ainda tinha de inventar para si o encargo de uma crônica semanal? Está passando um alegre e divertido fim de semana com um amigo, quando de repente lhe vem a lembrança como uma pontada no coração: no dia seguinte tem de enviar sua matéria para o jornal. Telegrafo amanhã ao diretor dizendo que esta semana não tem – decide ele: não foi possível escrever. Mas pela manhã a consciência lhe dói, o desafio se impõe: escrever de qualquer maneira.

Escrever o quê? Tamanha é a sua incapacidade de escrever o que quer que seja (talvez até o tal telegrama) que ele passa a desejar que caia do céu alguém capaz de escrever para ele.

Um dia foi à casa de Luiz Alcoriza, com quem deveria trabalhar num roteiro para cinema. Alcoriza é conhecido escritor mexicano, autor de roteiros para filmes de Buñuel. Encontrou-o às dez da manhã consternado porque a cozinheira lhe havia pedido o favor de escrever uma carta para o diretor da Previdência Social. Achando que aquilo seria coisa de meia hora, sentara-se à máquina e agora ali estava, furioso, cercado de papéis amassados, nos quais não havia senão variações de uma só frase apenas principiada: venho por meio desta informar-lhe... Esta tem por fim solicitar... Os dois escritores juntaram seus esforços e ao fim de três horas ainda continuavam fazendo rascunhos e rasgando papel freneticamente, tomando genebra e já meio bêbados, sem chegar a nenhum resultado. À tarde, quando a cozinheira veio buscar a carta, tiveram de confessar, desconsolados, que não eram capazes de escrevê-la. – Mas é fácil – explicou ela, humilde: olhem só. E começou a improvisar a carta com tamanha precisão que Alcoriza mal podia acompanhá-la, batendo à máquina o que a mulher ditava. Então García Márquez descobriu nela o escritor que lhe faltava para ser um homem feliz.

Não mereço tanto.

46
Uma vez escoteiro

Tendo ouvido falar que eu, quando menino, fui escoteiro, uma jovem leitora de São Paulo, Célia Maria, me escreve para dizer que, como bandeirante, tem curiosidade em saber o que significou o escotismo para mim.

Antes de mais nada: ainda existem escoteiros? A bem dizer, há muito tempo que não vejo um. A não ser que hajam passado a andar à paisana, como os padres e os militares mais discretos.

Segundo aquela definição lusitana o escotismo vem a ser um bando de miúdos vestidos de parvos, comandados por um parvo vestido de miúdo. Pode ser que hoje em dia assim seja, mas para mim foi um pouco mais do que isso.

"Uma vez escoteiro, sempre escoteiro", era o lema de meu tempo. Pois outro dia vinha eu distraído pela rua pitando o meu cigarrinho quando dou com um bando de escoteiros surgidos de uma esquina. São cinco ou seis miúdos, como dizia o português, e vêm alegres, vêm rindo, vêm cantando, mas não são fidalgos que voltam da caçada, como no célebre soneto: em verdade vêm na maior algazarra e por pouco não me atropelam. Tento atrapalhadamente me lembrar de alguma coisa que revele a minha autoridade, mostrar-lhes que me devem continência. Afinal fui seis anos escoteiro, primeira classe, oito especialidades, monitor da Patrulha do Cão, guia do Primeiro Grupo, que é que há?

– Sempre alerta! – exclamo com energia, procurando esconder o cigarro.

Eles se detêm, espantados, como se estivessem diante de um maluco. Dirijo-me ao mais próximo:

– De que patrulha você é?

Trata-se de um pirralho de seus 10 anos, se tanto, carinha esperta que positivamente não é de quem pratica uma boa ação todos os dias, mas que todos os dias mata um passarinho, prega uma mentira e fala um nome feio. Nenhum deles jamais deve ter ajudado uma velha a atravessar a rua ou tirado uma casca de banana da calçada para poder desfazer o nó na ponta do lenço, símbolo da boa ação cotidiana, como fazíamos no nosso tempo.

– Patrulha? – e ele franze a carinha, prendendo o riso. Não tem dúvida, devo ter cometido alguma impropriedade. No entanto, no nosso tempo...

– Qual é o seu totem? – insisto, sorrindo: "O escoteiro é alegre e sorri nas dificuldades." Hei de vencer. Ele mal sabe com quem está falando.

– Totem? – volta o escoteirinho com mais estranheza ainda, e em pouco não só ele, mas também os companheiros já estão francamente rindo de mim. Olho-o com firmeza, atirando longe o cigarro e perfilando-me: a esta altura já não sou apenas monitor da Patrulha do Cão, mas o Grande Cão, o Tapir de Prata, o próprio Velho Lobo, o Lord Baden Powell, o Chefe Supremo:

– Sim, totem! Você não sabe o que é totem? – Você não pertence a uma patrulha, não é escoteiro?

– Não, sou lobinho... – responde ele, afinal intimidado.

– Lobinho? Pois então, "o melhor possível!"

– "O melhor possível!" – retruca ele com energia, juntando as perninhas.

Fazemos a continência dos lobinhos – dois dedos abertos em V – dou meia-volta e me afasto. Ele tem razão, os lobinhos não constituem patrulha, mas matilha. Como é que eu, um Seis Estrelas, pude cometer um engano desses? Também comecei como lobinho e só não cheguei a pioneiro porque não podia mais suportar a ideia de ser um homem de 15 anos e ainda usar calças curtas. E finalmente chegara a hora de começar a fumar, a beber, a dizer palavrões para enfrentar a vida.

O escotismo não me deixou bem preparado para a vida, Célia Maria. Não sei se estarei com isto ferindo seus ideais juvenis de bandeirante, e se outra resposta mais inspirada não mereceria a sua delicada cartinha. Mas a verdade é que um dia descobri, perplexo, que o mundo adulto não tolerava a minha disposição escoteira de ser alegre e sorrir nas dificuldades, de ser bom para os animais e as plantas, de ter uma só palavra e minha honra valer mais que a própria vida, como ordenava o nosso Código. A honra que me ofereciam não valia mais que a própria vida. A vida não exigia de mim que acendesse uma fogueira apenas com dois paus de fósfor . De nada adiantava eu ter aprendido Morse, se não quisesse pleitear um emprego nos Correios e Telégrafos. Ter sido o melhor sinaleiro em semáfora não trazia para mim o menor proveito, pois eu podia transmitir sinais com os braços a distância mas não sabia interpretar os gestos ao meu redor. De que me servia saber dar nó de escota, volta de fiel, lais de guia, se no mundo em que teria de viver não me dariam corda nem para me enforcar?

Pois acredite, fui escoteiro a sério. Seriedade que minha mãe habilidosamente passou a explorar, convertendo em obediência dentro de casa o que era apenas fidelidade aos mandamentos, e por conta própria acrescentando alguns: um escoteiro não deve responder aos seus pais, um escoteiro come de tudo e não reclama... Para minha mãe (que nunca foi bandeirante), o escotismo começava no berço. Pois muito bem: e agora? Ali estava eu, um garotão mal cabendo dentro do corpo meio desengonçado, sabendo armar uma barraca, sabendo fazer de uma forquilha um cabide, do saco de linhagem um colchão e do lenço um travesseiro, e só me mandavam chorar na cama, que é lugar quente. Na confusão escura dos meus 15 anos, eu me sentia mesmo como um parvo vestido de miúdo: tinha de aprender a responder aos outros com uma banana e ainda largar a casca na calçada para que alguém escorregasse.

A vida é isso mesmo, diziam os mais velhos, sacudindo a cabeça e admitindo o novo recém-chegado. Você aprendeu a tocar tarol, pois agora vamos ver o instrumento que você apita. Aprendeu a abrir uma trilha no mato, pois agora vá em frente e se vire: o lugar é de quem chegar primeiro. Sabe ler as horas nas estrelas? Pois então, se não quiser ver estrelas, não olhe para o céu. Conhece de cor a rosa dos ventos? Pois que quem vai ao vento perde o assento.

De nada me serviu – concluo, enquanto me afasto dos meninos, a caminho de casa. Levei seis anos de minha infância com um lenço enrolado no pescoço, flor-de-lis na lapela e pureza no coração, para descobrir que não passava de um candidato à solidão. Alguma coisa ficou, é verdade: a certeza de que posso a qualquer momento arrumar a minha mochila, encher de água o meu cantil e partir. Afinal de contas aprendi mesmo a seguir uma trilha, a estar sempre alerta, a ser sozinho, fui escoteiro – e uma vez escoteiro, sempre escoteiro. Mas o que eu queria hoje, Célia Maria, é não me perder mais pelo caminho, é ficar por aqui mesmo, junto de alguém que iluminasse a minha escuridão.

47
Evocação no aniversário do poeta

Aos 18 anos éramos gênios incompreendidos, encharcados de chope e literatura, soltos pelas ruas da então pacata Belo Horizonte:
- Perdi o bonde e a esperança.
- Vai-te embora, rapaz morto.
- Eu tomo alegria!

Conversávamos por citações, os versos eram a nossa gíria. Carlos Drummond, Mário de Andrade, Manuel Bandeira, aos pedaços, ilustrando tudo que fazíamos ou desfazíamos:
- Os suicidas tinham razão.
- Vamos caçar cutia, irmão pequeno.
- E nós, os cavalões, comendo...

Carlos já era nosso amigo. Mário já era nosso amigo. Manuel ainda não: a inveja que Alphonsus de Guimaraens Filho nos provocava, exibindo as cartas que recebia dele – era o único da nossa roda que já merecera o privilégio de conhecê-lo. Comentávamos gravemente aquela injustiça do destino: éramos seus contemporâneos na História e jamais o víramos de perto. Tínhamos de ir ao Rio com urgência, procurá-lo no seu Beco da Lapa, ou onde quer que se situasse a paisagem cantada em seus versos da janela a cavaleiro do morro. Antes que fosse tarde:

Nem falta o murmúrio da água, para sugerir, pela voz dos
[símbolos:
Que a vida passa! Que a vida passa!
E que a mocidade vai acabar.

ATÉ QUE ME vejo no Rio, aos 20 anos, entrando num ônibus a caminho de Copacabana. Assim que me sentei, um rápido olhar para o meu vizinho de banco – imediatamente o reconheci. Por essa época eu costumava ir a São Paulo com a finalidade exclusiva de visitar Mário de Andrade, empenhado então comigo em intensa correspondência literária. Já não era pequeno o meu deslumbramento por ver um homem de sua estatura intelectual e até mesmo física, aos 50 anos de idade, dar importância a um rapaz de 20, discutindo literatura e tomando chope como se fosse "um dos nossos". E nas nossas conversas, o nome deste outro grande poeta, agora ali a meu lado no ônibus, era sempre mencionado por Mário com a mais invejável das intimidades: Manuel me contou, Manuel também acha, foi o que eu disse outro dia ao Manuel. A ideia de tê-lo ali ao meu alcance, e ainda mais, poder abordá-lo, invocando como pretexto o amigo comum, deixou-me paralisado de emoção. Seus versos me vinham à memória, de mistura com pensamentos desconexos ou simplesmente idiotas: vou-me embora para Pasárgada. Sou amigo do rei. Sou amigo do Mário, logo poderia ser amigo dele também. Assim eu quereria o meu último poema. As três mulheres do sabonete Araxá.

Veja ilustre passageiro o belo tipo faceiro que o senhor tem a seu lado.

Ele não me via: viajava distraído, olhando a rua por trás dos óculos de lentes grossas. A sua simpática dentuça, naquele meio sorriso manso – mais do que uma expressão fisionômica, uma maneira de encarar a vida:

> O que resta de mim na vida
> É a amargura do que sofri.

Sofrido, compreensivo, condescendente: haveria de entender a admiração do jovem a seu lado, aceitar e retribuir um impulso de simples e humana comunicação.

Lembro-me de que eu tinha nas mãos um livro qualquer, provavelmente o *Cartas a um jovem poeta*, e mais provavelmente em castelhano. A certa altura, abri ostensivamente o livro, na veleidade de atrair sua atenção, fantasiando uma situação em que ele se admirasse ao ver a seu lado aquele tipo faceiro lendo Rilke. O que bastaria para que se invertessem os papéis, e o abordado fosse eu.

Tive de me conformar em vê-lo descer em Copacabana – por pouco não desci atrás. Carreguei comigo a frustração de não ter feito o gesto que a admiração exigia e que a minha juventude endossava. Do que hoje me arrependo: perdi alguns anos de uma amizade que realmente poderia ter nascido ali.

POUCO ANTES de sua morte, aos 82 anos, fui visitá-lo, e me impressionaram a lucidez de seu pensamento, a jovialidade de sua conversa: não deixou de pontilhá-la, como sempre, de observações finais e inteligentes, apesar da surdez agravada com o seu estado de saúde já precário.

Algum tempo antes havíamos falado longamente sobre a morte.

> Morrer tão completamente
> Que um dia ao lerem o teu nome num papel
> Perguntem: "Quem foi..."
> Morrer mais completamente ainda,
> – Sem deixar sequer esse nome.

Era uma tarde clara e fresca, vínhamos andando à toa pelo centro da cidade. Ele fez um comentário qualquer sobre a mudança na aparência das ruas – às vezes chegava a estranhar o aspecto de certas partes do Rio tão diferentes de seu tempo. Falamos então nessa estranha perspectiva que é a de termos de morrer um dia – um dia para ele cada vez mais próximo, pois já fizera 80 anos. Lembro-me que ele se deteve e pôs carinhosamente a mão no meu ombro, para dizer sorrindo: na verdade eu já morri, não passo de um fantasma; meus pais já morreram, os parentes quase todos, os amigos – Rodrigo, Mário, Ovalle – e eu fiquei sobrando por aqui, feito um espírito errante, por estas ruas de sonho...

> Falta a morte chegar... Ela me espia
> Neste instante talvez, mal suspeitando
> Que já morri quando o que eu fui morria.

FOI EM 1944 que estive com ele pela primeira vez, em casa de Portinari. Ainda me lembro que conversamos sobre o poder encantatório das palavras, cujo verdadeiro sentido tem de ser redescoberto.

Uma noite, em 1945, pude tê-lo por acaso a meu lado, numa mesa do Alcazar, na Avenida Atlântica. Era uma reunião de amigos, festejando a presença de Neruda entre nós, quase todos poetas: Vinicius, Schmidt, Paulo Mendes Campos, se não me engano o próprio Drummond. Quando

Manuel Bandeira se aproxima, já está estabelecida a confusão comum a uma mesa de bar, entre rodadas de chope, uns bebem, outros falam, outros riem, outros proclamam a República. Depois de fazer o pedido ao garçom, ele se acomoda melhor junto à mesa, esperando que a conversa o envolva também. Seus olhos erram por cima das cabeças e se perdem ao longe, no mar. O garçom acaba de trazer mais chopes e de deixar uma taça de sorvete à sua frente. Ele se inclina sobre a mesa e dá uma provadinha. Já que ninguém o observa, esfrega as mãos, e diz para si mesmo, satisfeito como um menino: "É de creme."

O menino que não quer morrer,
Que não morrerá senão comigo.
O menino que todos os anos na véspera do Natal
Pensa ainda em pôr os seus chinelinhos atrás da porta.

UM DIA SUBO a Petrópolis para arrancar dele suas confissões literárias: *pièce de resistence* de uma revista que Paulo e eu queríamos fundar. A revista não saiu, mas a ela a literatura brasileira ficou devendo o *Itinerário de Pasárgada,* mais tarde editado por João Condé. Ora um jantar na casa de Paulo, um encontro na casa do Rodrigo, da Rachel, ou mesmo na rua – quando ele quase sempre acabava pegando uma carona no meu carro até o seu destino, numa coincidência de horário e roteiros que até parecia proposital. Ora uma visita que eu lhe fazia, no seu apartamento da Avenida Beira-Mar, como uma trégua de poesia para a estéril agitação que me dispersava pela cidade. Um dia o telefone tocou:
– Atende aí para mim – pediu ele.
Atendi. Não falaram nada e em pouco desligavam.
– Era voz de homem? – ele perguntou.
– Não falaram nada.

– Era silêncio de mulher?

Eu próprio lhe telefonava de vez em quando, tendo como pretexto nossas mais recentes relações de editor e editado – ou sem pretexto algum, pelo simples gosto de nos sentirmos irmãos. Pai, poeta, áspero irmão – como no verso de Vinicius: com os anos, a diferença de idade que a princípio nos separava parecia ir diminuindo.

Ao evocar seu aniversário esta semana, percebo como foi constante a sua presença em minha vida. Acabei mesmo realizando o meu sonho de juventude: o de ser seu amigo.

Embora ele continuasse sendo sempre aquela figura cuja grandeza deslumbrava o jovem a seu lado num ônibus.

48
Por isso lhe digo adeus

Às duas horas da tarde, no alto da ponte do Brooklyn, percebo de repente que estou me despedindo de Nova York. Olho para baixo e vejo quatro rebocadores arrastando com dificuldade a carcaça de um antigo cruzador. Ao longe um navio ganha lentamente a barra, parece que é um navio de passageiros. Novas pessoas estão chegando a Nova York agora, neste momento, enquanto eu me despeço.

Eu me despeço. Na parte sul da ilha de Manhattan, lá para os lados do mar, onde deve estar a Estátua da Liberdade, a neblina obscurece tudo, apagando o contorno dos últimos arranha-céus. Mas o mar está presente, irresistível. No mar reviverei lembranças, decantarei talvez o amor de tantos deslumbramentos e decepções, apurarei em enjoos de primeira viagem o saldo de minhas lembranças.

É uma cidade poderosa, esta. Dela muitos já disseram coisas. Já cantaram sua força, o mecanismo de sua glória, o fascínio de suas solicitações. Seria inútil que eu viesse agora estender sobre a ponte do Brooklyn um adeus pasmado que rola apenas com o olhar pelas águas do East River, que se perde para sempre no limite de outras pátrias, que se afoga no tédio das despedidas. É uma cidade que dissolve o tédio, Nova York. Zomba do ridículo de suas próprias contradições, cidade marcada, escolhida pelo dedo de Deus para o primeiro sinal dos tempos. Tantas luzes não bastariam nas ruas e nos edifícios, nem os anúncios luminosos, nem a garrafa de Coca-Cola que um dia cogitaram de instalar como torreão no alto do Empire State Building, nem as milhões de lâmpadas da Broadway, todo o poderio deslumbrante dos dínamos e geradores, nada disso bastaria para neutralizar a ordem que um dia sucederá ao caos – destino de uma cidade. Desta cidade eu me despeço.

ALÉM DA PONTE, do outro lado do rio, a fumaça obscurece ainda mais o céu, desabrochando das chaminés em manchas que o vento não chega a desfazer. Estou dentro de um táxi dirigido por um negro que, justamente quando mais intensa vai minha despedida, começa a se justificar por assobiar tão mal o "Mood Indigo", alegando insuficiência de dentes, segundo ele perdidos durante a guerra em consequência de uma explosão na África do Norte. A ponte é longa, e a travessia se faz lenta e cuidadosa, por causa da fina camada de gelo que ainda cobre o pavimento. Exatamente no meio dela, o chofer de outro táxi, cujo pneu em má hora resolveu esvaziar-se, grita exasperado que passem, passem todos, pelos lados, por cima, por onde queiram, mas que pelo amor de Deus parem de buzinar pedindo passagem. Resolvido afinal o impasse do tráfego, continuamos a travessia. Aproveito-me da história dos dentes para perguntar ao ex-soldado como ele reagirá quando for chamado para a próxima guerra. Responde-me apenas que reagirá: não irá nem amarrado, porque sabe muito bem que essa ideia de guerra é invenção dos ricos para ficarem mais ricos e mandarem os pobres para o inferno.

– Quando devia ser justamente o contrário – acrescenta, com convicção.

ATRAVÉS DAS ARMAÇÕES de ferro posso ver agora os telhados das casas e as primeiras ruas do Brooklyn. A ponte do Brooklyn me faz lembrar García Lorca e Maiakovski, cujos versos um dia cobriram-na a meus olhos de uma beleza rígida e tanto mais desconcertante quanto difícil deve ser extrair poesia de estrutura tão desgraciosa. Lembra-me também Stephen Spender, com quem por ela passei uma noite a caminho da casa de Marianne Moore – e parece impossível que tantos poetas juntos, reunidos pela lembrança sobre uma ponte, façam afinal de sua travessia nada mais que um mero pensamento de despedida – coerente, aliás, com a ação que o concretiza: despeço-me porque vou-me embora.

NÃO É ASSIM tão fácil deixar para sempre uma cidade, qualquer que seja ela. Difícil já esta sendo, para começar, deixar o apartamento que ocupo, cujo dono, que me exigiu luvas para entrar, só falta exigir-me luvas para sair. Mais difícil foi vender por 150 dólares a mobília que tive de comprar por 200, apesar dos inúmeros melhoramentos nela introduzidos – inclusive a poltrona vermelha que conta agora com um pé de madeira autêntico, em lugar dos catálogos de telefone que a amparavam. Dificílimo, quase impossível, foi fazer o novo dono da mobília aceitar com ela os cacarecos que deixarei atrás de mim, juntados por prementes necessidades domésticas de quem nunca pensou em viver aqui e foi ficando: panelas, vassouras, talheres e um espremedor de laranja, no qual gostaria de espremer a língua do vendedor que me assegurou tratar-se da última palavra numa cozinha moderna. De tudo, porém, o que nas mudanças maior dificuldade cria é a capacidade de adaptação exigida ao nosso vulnerável comodismo de ocasião, é o desprendimento gregário que nos leva a passar de um bando para outro bando, ou de uma vida para outra vida anterior que o tempo já apagou e que a viagem de volta não consegue mais reatar. Viver é perder amigos, falou o poeta de Itabira, e os maus fados acrescentam que revê-los é uma forma de desviver.

E nem só nesse terreno, um tanto frouxamente sentimental, a necessidade de regresso sofre a erosão do tempo e da distância. Há mesmo amizades apenas suspeitadas que a própria distância se encarrega de solidificar. São imperativos de ordem mais imediata que fazem tão lenta e preguiçosa qualquer ideia de regresso. Diariamente estão chegando a Nova York pessoas que só sabem trazer notícias da desordem política e financeira do Brasil. Fazem recuar espavoridas as melhores intenções daqueles que sempre pensaram na partida e já estavam a ver navios: "a insegurança e a incerteza do governo bastava para trazer os ânimos em constante apreensão." Não sei se foi Rui Barbosa que exprimiu numa frase assim ou parecida, célebre como exemplo de concordância no meu tempo de ginásio, um sentimento que anos mais tarde vem repetir-se para os brasileiros residentes em Nova York, e que os que chegam só sabem exprimir em poucas palavras e largos gestos, nem por isso menos concordantes: o custo de vida subiu vertiginosamente, a política continua aquela mesma desmoralização, as filas triplicaram de tamanho, a miséria do povo cresceu, os aluguéis aumentaram, os gêneros desapareceram. Conheço um brasileiro que por causa disso está em Nova York há vinte anos, sofrendo a imposição de problemas bem mais graves, sempre a dizer, já com sotaque, que breve voltará para o Rio, onde morou na Rua São Pedro. Mal sabe que a Rua São Pedro deixou de existir para que abrissem uma avenida chamada Presidente Vargas, que esta avenida já mudou de nome... – ou ainda não mudou? Preciso urgentemente voltar.

Por isso me despeço desde já. Olho para cada lugar onde passo procurando fixar pela última vez cada detalhe, cada rosto, cada lembrança. Recebo a título de bonificação o olhar distraído de uma jovem que nunca mais verei. Nunca mais cruzarei a ponte do Brooklyn. Mas agora estou me despedindo de Nova York. Levo de Nova York este sentimento de despedida, mais um filho e uma geladeira. Se fosse possível levaria também meu amigo Jayme Ovalle, que me custa tanto deixar aqui. E o espanhol Manrique, o novelista Migueis, a telefonista June, o negro Jimmy Barnes e ainda, como se não bastasse, esse grande barbeiro catalão e amante da música que atende pelo nome puramente acidental de Pomada.

Prefiro levar comigo apenas a certeza de ter vivido numa cidade. Nela estou deixando dois anos de minha vida. Não percorri os Estados Unidos, não frequentei cursos, não conheci celebridades. Em compensação, privei da amizade de Mr. Lodge do *drugstore,* que me deu umas caixas de papelão para encaixotar os livros e a quem prometi escrever. O francês Bertin me fez compreender por que tudo na Europa é difícil, mas possível, e tudo na América é fácil, mas impossível. A Jimmy Shure, que tanto me ajudou, deixarei uma garrafa de *scotch* como despedida; a Mrs. Caress, que me furtava no aluguel, desejo que a terra lhe seja leve. Estou me despedindo. Gostaria de narrar outras histórias, falar da política americana, referir-me aos preparativos para a nova guerra. Bem ou mal, sempre há o que dizer e continuarei escrevendo alegremente até a hora da partida, que será triste, se chegar a partir. Agora, porém, estou me despedindo. O essencial é ficar assegurado desde já que, olhando há pouco para Manhattan, do alto da ponte do Brooklyn, senti num só bloco a grandeza e a miséria de uma cidade inteira, naquela prenunciação de fatalidade que só as despedidas trazem. Por isso lhe digo adeus.

49
Amor de passarinho

Amar um passarinho é coisa louca.

Carlos Drummond de Andrade

Desde que mandei colocar na minha janela uns vasos de gerânio, eles começaram a aparecer. Dependurei ali um bebedouro, desses para beija-flor, mas são de outra espécie os que aparecem todas as manhãs e se fartam de água açucarada, na maior algazarra. Pude observar então que um deles só vem quando os demais já se foram.

Vem todas as manhãs. Sei que é ele e não outro por um pormenor que o distingue dos demais: só tem uma perna. Não é todo dia que costuma aparecer mais de um passarinho com uma perna só.

Este é de uma família designada pelo vulgo por um nome chulo que não lhe faz justiça: *caga-sebinho*. Segundo o dicionário, trata-se de uma "ave passeriforme de coloração verde-azeitonada em cima e amarela embaixo". Na realidade, é uma graça, o meu passarinho perneta.

Ao pousar, equilibra-se sem dificuldade na única perna, batendo as asas e deixando à mostra, em lugar da outra, apenas um cotozinho. É de se ver as suas passarinhices no peitoril da janela, ou a saltitar de galho em galho, entre os gerânios, como se estivesse fazendo bonito para mim.

Às vezes se atreve a passar voando pelo meu nariz e vai-se embora pela outra janela.

Outro dia o mencionei numa conversa com Otto Lara Resende, pelo telefone, justamente no instante do seu show matinal. Apesar de ter alma de passarinho, o Otto não acreditou em sua existência, preferindo concluir que eu já estivesse bebendo àquela hora da manhã. E passou a formular sugestões chocarreiras, como a de fazermos para ele uma muletinha de pau de fósforo.

Enquanto escrevo, ele acaba de chegar. Paro um pouco e fico a olhá-lo. Acostumado a ser observado por mim, já está perdendo a cerimônia. Finge que não me vê, beberica um pouco a sua aguinha, dá um pulo para lá, outro para cá, esvoaça sobre um gerânio, volta ao bebedouro, apoiando-se num galho. Mas agora acaba de chegar outro que, prevalecendo-se da superioridade que lhe conferem as duas pernas, em vez de confraternizar, expulsa o pernetinha a bicadas, e passa a beber da sua água. A um canto da janela, meio jururu, ele fica aguardando os acontecimentos, enquanto eu enxoto o seu atrevido semelhante. Quer dizer que até entre eles predomina a lei do mais forte! De novo senhor absoluto da janela, meu amiguinho volta a bebericar e depois vai embora, não sem me fazer uma reverência de agradecimento.

Não tenho a pretensão de entender de passarinhos – assunto da competência de Rubem Braga, o sabiá da crônica. Não me arrisco a dedicar uma nem mesmo a este que me aparece a cada manhã, com seu casaquinho verde e colete amarelo, passarinhando alegre no parapeito. Às vezes tenho a impressão de que tudo que ele faz é para atrair minha atenção e me distrair do trabalho, a dizer que deixe de me afligir com palavras e de me sentir incompleto como se me faltasse uma perna: passe a viver como ele, é tão fácil, basta sacudir as asas e sair voando pela janela.

Chamei-o de amiguinho, e entendo agora por que Jayme Ovalle, que chegou a ficar noivo de uma pomba, dizia que Deus era Poeta, sendo o passarinho o mais perfeito soneto de Sua Criação. Com sua única perninha, este é o meu pequenino e sofrido companheiro, a me ensinar que a vida é boa e vale a pena, é possível ser feliz.

DESDE ENTÃO muita coisa aconteceu. Para começar, a comprovação de que não era amiguinho e sim amiguinha – segundo me informou o jardineiro: responsável pelos gerânios e pelo bebedouro, seu Lourival entende de muitas coisas, e também do sexo dos passarinhos.

A prova de que era fêmea estava no companheiro que arranjou e com quem logo começou a aparecer. Este, um pouco maior e mais empombadinho, tomava conta dela, afastando os concorrentes. E os dois ficavam de brincadeira um com o outro, de cá para lá, ou mesmo de namoro, esfregando as cabecinhas. Às vezes ela se afastava desses afagos, voava em minha direção e se detinha no ar a um metro de minha cabeça, agitando as asas, para em seguida partir feito uma seta janela afora. Não sei o que procurava exprimir com o ritual dessa proeza de colibri. Alguma mensagem de amor, em código de passarinho? Talvez não mais que um recado prosaico, vou ali e volto já.

E assim a Pernetinha, como se tornou conhecida entre os meus amigos – alguns chegaram a conhecê-la pessoalmente –, não passou mais um só dia sem aparecer. Mesmo durante minhas viagens continuou vindo, segundo seu Lourival, que se encarrega de manter cheio o bebedouro na minha ausência.

Só de uns dias para cá deixou de vir. Fiquei apreensivo, pois a última vez que veio foi num dia de chuva, estava toda molhada, as peninhas do peito arrepiadas. Talvez tivesse adoecido. Não sei se passarinho pega gripe ou morre de pneumonia. Segundo me esclareceu Rubem Braga, o sádico, costuma morrer é de gato. Ainda mais sendo perneta.

Hoje pela manhã conversei com o jardineiro sobre a minha apreensão: vários dias sem aparecer! Ele tirou o boné, coçou a cabeça, e acabou contando o que vinha escondendo de mim, uma pequena tragédia.

Debaixo do bebedouro fica um prato fundo, de plástico, para aparar a água que os passarinhos deixam respingar – mesmo os bem-educados como a Pernetinha. Numa dessas manhãs, ele a encontrou caída no fundo do prato, as penas presas num resto pegajoso de água com açúcar. Provavelmente perdeu o equilíbrio, tombou ali dentro e não conseguiu mais se desprender com a única perninha.

Compungido, seu Lourival preferiu não me contar nada, porque me viu triste com a morte do poeta, também meu amigo.

Naquele mesmo dia.

50
A última crônica

A caminho de casa, entro num botequim da Gávea para tomar um café junto ao balcão. Na realidade, estou adiando o momento de escrever.

A perspectiva me assusta. Gostaria de estar inspirado, de coroar com êxito mais um ano nesta busca do pitoresco ou do irrisório no cotidiano de cada um. Eu pretendia apenas recolher da vida diária algo de seu disperso conteúdo humano, fruto da convivência, que a faz mais digna de ser vivida. Visava ao circunstancial, ao episódico. Nesta perseguição do acidental, quer num flagrante de esquina, quer nas palavras de uma criança ou num incidente doméstico, torno-me simples espectador e perco a noção do essencial. Sem nada mais para contar, curvo a cabeça e tomo meu café, enquanto o verso do poeta se repete na lembrança: "assim eu quereria o meu último poema". Não sou poeta e estou sem assunto. Lanço então um último olhar fora de mim, onde vivem os assuntos que merecem uma crônica.

Ao fundo do botequim, um casal de negros acaba de sentar-se, numa das últimas mesas de mármore ao longo da parede de espelhos. A compostura da humildade, na contenção de gestos e palavras, deixa-se acentuar pela presença de uma negrinha de seus 3 anos, laço na cabeça, toda arrumadinha no vestido pobre, que se instalou também à mesa: mal ousa balançar as perninhas curtas ou correr os olhos grandes de curiosidade ao redor. Três seres esquivos que compõem à mesa a instituição tradicional da família, célula da sociedade. Vejo, porém, que se preparam para algo mais que matar a fome.

Passo a observá-los. O pai, depois de contar o dinheiro que discretamente retirou do bolso, aborda o garçom, inclinando-se para trás na cadeira, e aponta no balcão um pedaço de bolo sobre a redoma. A mãe limita-se a ficar olhando, imóvel, vagamente ansiosa, como se aguardasse a aprovação do garçom. Este ouve, concentrado, o pedido do homem e depois se afasta para atendê-lo. A mulher suspira, olhando para os lados, a reassegurar-se da naturalidade de sua presença ali. A meu lado o garçom encaminha a ordem do freguês. O homem atrás do balcão apanha a porção do bolo com a mão, larga-o no pratinho – um bolo simples, amarelo-escuro, apenas uma pequena fatia triangular.

A negrinha, contida na sua expectativa, olha a garrafa de coca-cola e o pratinho que o garçom deixou à sua frente. Por que não começa a comer? Vejo que os três, pai, mãe e filha, obedecem à mesa um discreto ritual. A mãe remexe na bolsa de plástico preto e brilhante, retira qualquer coisa. O pai se mune de uma caixa de fósforos e espera. A filha aguarda também, atenta como um animalzinho. Ninguém mais os observa além de mim.

São três velinhas brancas, minúsculas, que a mãe espeta caprichosamente na fatia do bolo. E enquanto ela serve a Coca-Cola, o pai risca o fósforo e acende as velas. Como a um gesto ensaiado, a minininha repousa o queixo no mármore e sopra com força, apagando as chamas. Imediatamente põe-se a bater palmas, muito compenetrada, cantando num balbucio, a que os pais se juntam, discretos: "parabéns pra você, parabéns pra você..." Depois a mãe recolhe as velas, torna a guardá-las na bolsa. A negrinha agarra finalmente o bolo com as duas mãos sôfregas e põe-se a comê-lo. A mulher está olhando para ela com ternura – ajeita-lhe a fitinha no cabelo crespo, limpa o farelo de bolo que lhe cai ao colo. O pai corre os olhos pelo botequim, satisfeito, como a se convencer intimamente do sucesso da celebração. De súbito, dá comigo a observá-lo, nossos olhos se encontram, ele se perturba, constrangido – vacila, ameaça baixar a cabeça, mas acaba sustentando o olhar e enfim se abre num sorriso.

Assim eu quereria a minha última crônica: que fosse pura como esse sorriso.

fim

EDIÇÕES BESTBOLSO

Alguns títulos publicados

1. *Os melhores contos*, Fernando Sabino
2. *As melhores histórias*, Fernando Sabino
3. *O diário de Anne Frank*, Otto H. Frank e Mirjam Pressler
4. *O caso do hotel Bertram*, Agatha Christie
5. *O segredo de Chimneys*, Agatha Christie
6. *O poderoso chefão*, Mario Puzo
7. *A casa das sete mulheres*, Leticia Wierchowski
8. *O primo Basílio*, Eça de Queirós
9. *Mensagem*, Fernando Pessoa
10. *O grande Gatsby*, F. Scott Fitzgerald
11. *Suave é a noite*, F. Scott Fitzgerald
12. *O silêncio dos inocentes*, Thomas Harris
13. *O diário de Bridget Jones*, Helen Fielding
14. *Toda mulher é meio Leila Diniz*, Mirian Goldenberg
15. *Os 7 minutos*, Irving Wallace
16. *Uma mente brilhante*, Sylvia Nasar
17. *O príncipe das marés*, Pat Conroy
18. *O buraco da agulha*, Ken Follett
19. *O jogo das contas de vidro*, Hermann Hesse
20. *Acima de qualquer suspeita*, Scott Turow
21. *Fim de caso*, Graham Greene
22. *O poder e a glória*, Graham Greene
23. *As vinhas da ira*, John Steinbeck
24. *A pérola*, John Steinbeck
25. *O cão de terracota*, Andrea Camilleri
26. *Ayla, a filha das cavernas*, Jean M. Auel
27. *A valsa inacabada*, Catherine Clément
28. *Fera de Macabu*, Carlos Marchi
29. *O pianista*, Władysław Szpilman
30. *Doutor Jivago*, Boris Pasternak

Este livro foi composto na tipografia Minion Pro Regular,
em corpo 10,5/13, e impresso em papel off-set 56g/m² no Sistema
Cameron da Divisão Gráfica da Distribuidora Record.